目錄

關於《時間精靈》 4
第三章 千秋歲 8
第四章 補天 169
後記 299

關於《時間精靈》

很多令人悲傷的事情都只有入口，沒有出口。人們受創碎裂的心倘若未能再盛載愛的種子，而變成積壓層層怨恨的黑洞，就會軟弱地被牽引至「墮落」，最終毀滅別人、埋葬自己。

《時間精靈》裏的虛構人物，都經歷了不少挫折和困惑，他們做錯過抉擇，也怨過恨過絕望過，幸好在流淚和傷痛過後，終於找到出口，變得更堅強、成熟，帶着纍纍傷痕，重新出發。

《時間精靈》的起點是「失望」，終點是「希望」。我覺得不管活得多苦，仍然最好是微笑以對。這不是假，而是相信苦難過後，就是「悟」和獲得「大智慧」的時刻。我相信過了這個「時刻」後，我們所得到的喜樂，足以抵銷從前所有的不如意。

大學畢業幾年後，《時間精靈》就一直陪伴着我。那些年，獲得了很多，也失去了不少，但不管生活如何變遷，我對它不離不棄，它也忠誠地相隨。無論寫得好還是不好，它已經是我生命裏重要的一部分。那個我創造出來的幻想世界，不知不覺中像脫離了我，自己悠然地活着：每個人物都有了自己的個性，每棵植物都有了自己的生長規律，每種食物都有獨特的味道……不過，我的寫作旅程還沒有結束，我會繼續「開疆闢土」，擴闊它的天地，希望讓所有人物都有機會當一次主角。

放棄，很容易。
不過，放棄等於永遠失去。
失去夢想？我不願意。

《時間精靈》（下）

第三章　千秋歲

為了至愛，你願意付出所有。

但是，這「所有」是你能承受的嗎？

我可以給你所渴望的東西，可是請記住，

這是等價交換。

生命之輪一旦轉動了，不能回頭的啊！

怎樣？

願意交易嗎？

為了你，我上窮碧落下黃泉。當我走到虛無縹緲間，你是否仍在那兒？

第三章　千秋歲

天外飛仙 12
雨色的黃昏 27
時間鐘 45
夢中夢 76
忘憂草 86

《千秋歲》
仙緣 98
會母 122
相聚一刻 156

天外飛仙

升降機的門開了，我看見一個房間，裏面有一座壁爐。毫無考慮地，我離開了升降機，進入這溫暖的房間。

我看看那個要燒柴火的老式壁爐。

壁爐裏的柴正在燃燒，發出火光。

房間的光線閃爍不定，但是還可以模糊地看到四周的東西。

我不疾不緩地向前走。到達壁爐前，停了下來，然後怔怔地看着燃燒的柴火。

跟着，我往上望，看見壁爐上放了些黃銅飾品和一個蠟燭臺。燭臺上有半截點過的白色蠟燭。

哪兒有火柴盒呢？我拿開那些黃銅飾品，在其中一件飾品後找到一個火柴盒，拉開盒子，裏面剛好有一根火柴。

劈啪一響，星火一點，火柴在爆裂後，發出生命的嘶叫聲，火光即噬咬着它。

我用那根火柴點燃了蠟燭，跟着甩甩火柴。火焰熄滅，只留下煙的痕跡捲纏在暗下來的空氣上。

這時，我才發現燭臺旁邊還有一個木製相架，裏面有張照片。

誰的照片？我快速地瞥了一眼，噢，只是……只是一堆舞動的火焰。不！好像是一張人類的臉容，可是看不清楚容貌。

我湊近相架再看，相中人的輪廓半透明，不太清晰。我再湊近一點兒細看，相中人的雙眼突然發出強烈閃光。寒氣隨即向我襲來，令房間溫度驟降。

四周陰陰冷。我感到一陣寒意從胃部升起，讓我嘴巴乾燥，嘴唇發顫。

周遭變得一片漆黑，只剩下那道孤單的蠟燭光線。我強作鎮定，看着搖晃不定的燭光。

陰風無定向地吹來，四周卻陷入了完全的寂靜中。

完全寂靜。

我用盡全身氣力，慢慢地往後退。雙眼卻一直盯着那對發出強光的眼睛。只退了兩步，地震的聲音在我腳下猛地響起，地面不停地搖動，連牆壁也開始震動！

驚慌失措！我盡快往後退，但退不了兩步，前面的那片地突然被震開。同時，那雙眼睛漸漸從相片中浮上來，浮上來……

它越來越大越來越大，大得不可思議！

然後，一張恐怖的臉如一團黑色迷霧向我襲來，它用很奇怪的、近似空洞的眼神望着我，慢慢地張開血盆大口，彷彿要把我吞食掉！

我尖叫一聲，轉身半跑半爬地逃回升降機裏，雙腿抖得只能跪在地上，用手瘋狂地按按鈕。

這時，那血盆大口模糊不清地說了一堆話後，竟化成一團烈火，向我衝過來！

升降機「叮」的一聲，關上了門，但那團烈火卻已經覆蓋了我。

我閉上眼睛，雙拳狂揮，不停地尖叫，像一隻狼狽的着火小貓。

「轟隆」一聲，我突然雙腳踏空，冬瓜似的滾落地上。

氣喘吁吁，雙拳機械地亂揮了一會兒後，我才掙扎着身子爬起來，躲至牆角。

不知道等了多久，四周仍沒有動靜，於是我壯起膽子，抬頭看看周圍的環境。

這是……這是？

我抬頭望向窗外。只見玻璃外，陰影籠罩着窗外的世界，將所有景物壓縮成某種粗線條的浮雕，但看起來卻比在日光下更為清晰。

海灘和森林……

想起來了！這是洋洋的海濱小屋。是她父親送給她的生日禮物。她邀請我來這兒度假，靜心創作。

我昨天住進了洋洋這個兩層高的海濱小屋。它的下層有主人套房、客廳、飯廳、廚房，上層是客人套房，同樣有客廳、飯廳、廚房。

我正身處下層的主人套房。

那麼，剛才發生的事情……只是一場夢。

只是一場夢。太好了！

嚇死我了！

我呼出一口氣，走向舒適的大牀。身子仍在不停地打着哆嗦。

坐了一會兒，心神才安定下來。

剛才的夢實在太恐怖了。那張半透明的臉，好像在哪兒見過。

我苦苦追憶，突然又覺得口乾舌燥，好想喝點甚麼。

於是，我離開睡房，走過客廳、飯廳，進入廚房，從廚櫃拿出一個身上繪畫了一間森林小屋的瓷杯、一隻繪畫了花精靈圖案的瓷碟和一支銀茶匙。

可惜剛才已經喝完了最後一杯蒸餾咖啡。

只好弄一杯熱巧克力。我拿出一小包純巧克力粉，又拿出了一包曲奇餅。

開了蒸籠，先蒸暖瓷杯、瓷碟和銀茶匙。暖的器具既能給嘴唇和手指留下記憶，往後也更容易令人回想起這食物的美味。為了確保飲料的溫度不受外界的任何影響，鮮奶也要蒸暖。然後，要燒開水，熱飲一定要用沸騰的水來開。水倒出來時溫度超過一百度，倒進杯子裏時最多剩下一百度，和巧克力粉混和，再經攪拌後，已經是適合慢慢地品嚐的溫度了。

「咇、咇、咇」──水沸了。

我拿出溫過的器具，倒了一包巧克力粉進瓷杯裏，提起水壺，倒水進去後，立即快速地用銀匙攪拌。杯子和銀匙碰撞時，發出「叮、叮、叮」的聲音。味蕾隨即甦醒，整個廚房也彌漫着撲鼻的巧克力香氣，淡淡的甜香在鼻腔裏慢慢地化開，甜暖的氣味湧上腦袋，令人鬆弛下來。我快快地加入了奶，所佔比例必須是整杯飲料的百分之十二。

為甚麼要佔百分之十二？因為巧克力粉的分量必須是百分之八十八。

為甚麼必須是百分之八十八？因為「∞」像一雙眼睛，「∞∞」就是一雙有情人的眼睛。「∞」這個符號既代表了無限、永恆，也代表了變數。

我從包裝袋裏拿出一塊曲奇餅，熟練地掰開為四份，放進杯子裏。不是亂放的，我會擺出四葉草的形狀。

呵呵呵，雖然四片「葉子」的大小通常都不一樣，但是它已經是我心裏的四葉草。我相信只要這樣做，每次喝完一杯飲品後，幸運的時光就會隨即到來。

我把杯子遞到嘴邊，先用嘴唇感覺瓷杯的溫度。

溫度剛好。

然後，呷了一口，感覺到巧克力的比例的確佔了百分之八十八。

這時，曲奇餅也吸收了適量的飲料，我用銀匙取起一片，放進嘴裏。一咬下去，它就帶給味蕾兩種極端，但天衣無縫的口感：外層吸收了巧克力的味道和水分，變得鬆軟，入口即化，內層則仍然保留原味和爽脆的質感。

這時，肚子也懂得叫餓了。

冰箱裏還有火腿和芝士，也有麪包。我就弄一份火腿芝士三明治吃吧。用多士爐烤一烤麪包，再夾上火腿和芝士，放進烤箱裏烤一烤。

不一會兒，已經烤好了！融化了的芝士幾乎溢了出來。我垂涎三尺，迫不及待地從烤箱拿它出來，輕輕地咬一小口。唔，麪包很鬆脆，火腿和芝士簡直是絕配。

好味道！我狼吞虎嚥地吃完它。味道真好！特別在這種肚子餓扁了的夜裏。

吃喝完，清洗了東西後，我給森林小屋瓷杯倒了半杯熱開水。

拿着杯子，決定回房間裏去寫稿。

走到客廳，才發現剛才沒有關燈。但是，四周並不暗。

窗外，月神看着我微笑。

月亮，多美的月亮。

月亮是情人們心目中的太陽。

多少情人們在月光燦爛的銀白中看着完美無瑕的戀人，立下過山盟海誓。

可是，他們忘了，月亮的光是借來的。

借來的光，又豈能長久擁有？

這美，這愛，這暖，脆弱而短暫。

我拿着杯子，舉步回去房間。把月色留在身後，留給有情人。

不過，房間裏也已經是滿滿的月光。

我步向書桌，桌燈溫柔地擁抱着原稿紙和鋼筆。

坐在花梨木的椅子上，放下杯子，我開始寫稿。寫了一會兒，桌燈的燈光突然熄滅了。幸好，還有天花板那盞圓燈的微光。但是，單憑這燈光是不夠亮的，還是要更換桌燈的燈泡。

不知道抽屜裏有沒有燈泡？我拉開書桌的抽屜，裏面很乾淨，沒有燈泡，但有一個小小的紅絨面首飾盒。

我拿起首飾盒，打開一看，嘩！是一枚用餐紙摺出來的指環。圓圓的指環上頂着一大顆像眼淚的「寶石」。它的觸感很堅挺，看來餐紙下應該是先用鐵線做了一個框架。

我湊近一看，咦？這張餐紙似曾相識。我再細心地看那紙，好像有字。我把它翻來翻去，反覆地看，看見了半個「神」字，還有半個「咖」字。我聞一聞它，有一股熟悉的咖啡香。

這，是愛神咖啡館的餐紙！

我黯然地輕嘆一聲，不禁想起了一些往事，不禁想起了航生。

不知道，這枚指環為甚麼會流落在此？

不知道，我合不合戴？

於是，我小心翼翼地拿它出來，套在無名指上。

噢！剛好。簡直就像是專人訂製給我似的。

我舉起手，在月光下滿心憧憬地欣賞起來，陶醉在幻想裏。

好一會兒後，我才不捨地取下它，放回首飾盒，收進抽屜裏去。

然後，我仰望天空，繼續做夢。

天上，月光太亮，星星都躲起來了。

銀色的月照耀着平靜的海，海浪拍打着遠處的巖石。

咦！發生了甚麼事情？

前方的天空忽然落下了一顆燃燒的流星，跌碎了一海月光。

一剎那間，只見滿海鱗鱗的金紅。

然後，海裏冒出一團閃亮的東西，一對紅色翅膀向上一揚，就飛進了附近一艘白色帆船裏。

一開始相當平靜，然後，海的深處響起一陣歌聲。起先像是微弱的耳語，繼而變得越來越強烈，強烈到不只是傳到耳朵裏，而像是傳到靈魂深處。一陣陣優美、流暢、雄壯的聲音環繞着那艘白色帆船。

歌聲席捲索具、船帆和繩索，接着，海上跑出很多輕盈的仙女，她們湖水藍色的長髮拖在後面，沒有瞳仁的眼瞪着越來越黑的夜。她們越唱，海浪就拍打得越高。波浪來回沖刷着海灣上的懸崖，直衝天際。厚厚的黑色雲層在夜空中聚集，閃電激起滔天巨浪。

海浪猛烈地衝擊着陡峭的石梯，懸崖邊突然掉下好幾噸泥土和石頭，墜落到波濤洶湧的大海裏。揚起的海浪中出現一縷一縷藍煙，它們像巨大的颶風，如鬼魅似的從驚濤駭浪中飄出，瘋狂地撞擊着帆船。

天空變得越來越黑，渾圓的月亮被厚厚的黑色雲層鋪天蓋地遮住，閃電仍不停地從天空打向海面，激起滔天巨浪。突然，一道閃電利刃似的擊中了那艘帆船，它的主帆隨即爆裂，撞毀在甲板上。帆船隨着波浪起落，搖搖欲墜，海浪隨着歌聲起舞，每一次都揚起更加洶湧的滔天巨浪，每一次都像是黑色的拳頭般，要將這帆船擊毀，將它吞沒。

這時，一個紅色的人影從帆船衝上半空，和藍煙搏鬥一會兒後，就消失了。

海上的巨浪怒哮半晌後，海面回復了平靜，蓋天的烏雲也散去了。滿月慈愛地瀉下月光。

我拿起桌上的望遠鏡，朝海面四處探索，可是甚麼也看不見。我把目標轉向右邊的黑森林裏去。

屋子右邊那幽暗的森林裏，滿月綻放的光輝穿透樹葉，斑駁地爬上一個高佻的少年身上。他正跟在一個身材更魁梧的男人身後。那男士黑髮及肩、身穿皮褸和及膝皮靴，左手提着方形黑皮箱，小心翼翼地往前走。

咦！他不就是巫言嗎？

他身後那個陽光般耀眼的少年很面熟，好像在哪兒見過——對了，在巫言給我看的幻象裏見過！

他就是林書賢，好喜歡巫珈晞的那個籃球健將。

這時，草叢裏突然竄出一隻驚慌失措的兔子，一隻狐狸緊隨其後，與他們擦身而過，跑進黑暗的林間深處。

一陣微風把樹林裏乾枯的棕色葉子吹得輕輕舞動，他們繼續一前一後地往前走。

一群黑色的禿鼻烏鴉驀地從他們頭頂那些樹上的棲息處飛起，繞着樹枝飛來飛去，在夜色下起舞，「呱——呱——呱——」的叫聲充斥了整個夜空。

他們走到一個岔口，決定拐向右邊。

走了一段路，他們在一塊堆滿黑色和白色碎石的地方停了下來。那些碎石，看似雜亂無章，但只要細心觀察，就會發現它們堆出了一個陰陽八卦圖。石頭四周的東西看起來都帶着陰鬱的藍色和銀色的光環，每樣東西看起來都冷冷的。

巫言放下皮箱，機警地觀察了四周的環境後便打開皮箱，拿出一把像鑰匙的東西，插進那個「八卦圖」附近的一方泥土裏去。

那個「八卦圖」的黑白部分立即自動向兩邊移開，現出一條通道。這時，巫言抬頭看一看我，我知道他在看我。他一定知道我在看他！他看了我幾秒，詭異一笑，就拔出鑰匙，和林書賢迅速地走進通道裏。

他們進去後，碎石地隨即移回原位。

巫言是巫師集團的領袖，他不留在巫師總部，走來那個森林幹甚麼呢？現在又進入了一條秘道……究竟那條秘道通往甚麼地方？

待我明天天明時去看看。

突然，屋裏紅光一閃，一個長紅髮、全身發光的女子倏地現身。

她氣喘吁吁、張皇失措地四處張望。

我嚇得大叫一聲，說：「妳是甚麼東西？不要靠近我！」

這時，海裏再次傳出一陣歌聲，幾陣藍煙隨着歌聲直衝我的小屋。

我向着藍煙說：「你們不要搞錯目標，殺錯良民啊！」

沒用！那藍煙已經近在咫尺，殺氣騰騰地衝向我們。看來，他們抱着「寧殺錯，不放過」的心理向我衝過來。

「快逃！」紅髮女子大呼，她張開翅膀，衝向藍煙，跟他們搏鬥，掩護着我。

「快逃！」她再說。我只好拋下一切，推開大門，直奔黑森林，逃生去了。

跑啊跑啊，我的身子卻一直不斷地向前傾，不斷地縮小。有些魔法跑進了我的身體裏，令我不斷地變變變，變成了一隻動物。

（我怎麼了！）我看着自己的爪子。

身子仍一直在跑，卻不能平伏心裏的恐懼。

那個紅髮女孩又突然出現在我的前面。她素手一揮，我已經不能自主地被她抱進懷裏。

她剛才明明仍在屋子裏，飛得真快啊！

「妳已經中了這個森林的魔法，不要到處亂跑了！」她說。

（中了魔法？這個森林有魔法？）

她放下我，對我說：「妳不必害怕，我叫千結，不會傷害妳的。我們在世界樹的結界裏，這兒住滿了隱族天神，水族的精靈不會進入這兒。」

我困惑地仰望她，她眼神蒼老，外貌卻並不老，只像個十多歲的少女。

她看着森林深處，猶豫着如何走下去。她望一望天色，說：「現在是黎明前最黑暗的時刻。」

她低頭沉思半晌：「我必須快點兒找到正確通道，到達我想去的時空。妳乖乖地留在這裏，待晨曦女神給世界送贈第一線曙光後，才可離開。到了白天，這個森林就變回平常的森林。」

雨色的黃昏

她輕撫我頸項上的毛髮，幽幽地說：「小黑貓，黎明一到，妳就可以回家了，回去等待着妳的那些人那兒。我也要去尋找我要的東西……」

我「喵喵喵」地叫了幾聲。想告訴她：沒有人在等待我啊。

這時，忽然吹起了一陣風，吹起了千結的衣襟，吹起了她的頭髮。

天氣變了，月光再被烏雲掩蓋住。

她頓時仿佛全身都冰冷僵硬起來。一種說不出的恐懼和不安，冷凍了她的臉，冷凍了她的眼神。

這時，雷霆一聲，暴雨傾盆而下。

雷聲再響，令人心驚膽跳。

然後，閃電驚雷交集，幾乎打在我們身上。

我驚嚇過度，全身有些麻木，想逃，可是沒有力氣。

突然，又是一聲霹靂，閃電驚雷齊下，竟硬生生地劈開了我們身旁的一棵大樹。

巨大的樹幹在火焰中分裂，以雷霆萬鈞之勢，向我們壓倒下來。

（救命啊！）

我喵喵大叫，死命地抱着千結的手臂。千結翻滾身子，避開了那燃燒的樹幹。

天上突然傳來一陣怒吼：「火族小輩，斗膽盜仙丹！」

一名大將帶同天兵天將，突然出現在天上。千結放下我，展翅擺出作戰姿態。她全身燃燒着紅紅的火焰，振翅欲飛，雙目流露出殺意。

「我沒有仙丹，你們已經搶回了！」

「盜丹藥者死，意圖盜丹藥者亦得死。天條如此，就得執行！」那大將杏目一睜，大喝：「納命來！」

千結身影一動，如紫燕輕蝶、落葉飛花。她飛了起來，卻靈巧勝輕蝶，迅速勝紫燕，雙手飛旋閃動，十多個火球便如毒蛇出穴，向那大將突擊而去。可是，那大將撐開手上的傘子，輕易地收了火球，然後把傘一合、一揮，一股力量即如雷霆出擊，夾風而去，剛猛地衝向千結。千結微妙一轉，如風中飛花，往返迴飛，避開了那逼人的狂風。

我看着這一場驚心動魄的惡鬥，嚇得心驚肉跳、目瞪口呆。

那大將的目光隨着千結的身影在動，身子卻沉穩如山嶽，又如急流中的砥柱，動也不動。猛地，他手上的傘子斜斜挑起，一股股強大力量隨即從傘尖射出，以極速凌厲地直射千結心臟。千結顯然已來不及閃避，只好伸臂張手，擊出多個火球，直迎那些奪命的進擊。可是實力懸殊，多股力量射穿了千結的翅膀，也射傷了她的身體。

血如水柱噴出，千結身上的紅光頓時熄滅，翅膀也消失了，軟弱地從高空摔了下來，倒在我身旁，痛苦地呻吟着。

我害怕得抖個不停，撲到她身上掩護着她。

大雨下得更猛，夾雜着陰風陣陣，令人更心寒。

這時，我聽到天上傳來一陣嘆息，隱約聽到一個老婆婆說：「得饒人處且饒人。」

我抬頭，從煙雨朦朧中隱約望見半空中有一個白衣女子，她手持玲瓏剔透的白玉瓶，烏黑的髮絲在風中飄散，衣袂飛舞，給寂寞蒼穹一點生氣。

她，一定是紅塵外、天上的仙子！她是來拯救我們的嗎？

她遙視着我們，沉默無語。

天兵天將們卻面色大變，令氣氛緊張起來。

天上突然有人霹靂般大喝一聲，如半空中劈下的焦雷，竟把一些天兵天將震得嘴角、指尖不由自主地簌簌發抖，有的更嘴角流血，翻身跌倒。

仙子傾斜白玉瓶，倒出了一股閃亮的輕霧。輕霧飄向我和千結，將我們包裹起來。

然後，「轟」的一聲，山洪暴發，把我們沖進一個山溝裏。我們就隨水漂向不知名的地方。

我在水裏死命地拉着千結的手，不一會兒就眼前一片空白，進入了一條白色隧道。

白光白得耀眼，但不刺眼。我向白光望去，想找到光源，可是這光無窮無盡。

輕飄飄、輕飄飄，白光如一隻柔軟的手，托起我，往上一推，推入浩瀚的宇宙。這兒，寧謐平靜，沒有干擾思緒的雜音，甚至沒有一絲氣流。

飄啊飄，我飄啊飄。

在溫暖的白光裏昏昏欲睡。直至，有一些微小的聲音進入了我的耳朵，耳膜為這聲音驀地興奮起來。

我使勁地聽，用心地聽——誰？誰在說話？

「子君小姐，您好！請問想要甚麼食物？」

是我常去的愛神咖啡館的侍應生，他的工作很繁忙，既要做飲品，也要烤麪包，更要收拾餐具和收款。他在招待一名顧客，那名顧客就是我。

我穿着無袖的白棉襯衣、天藍底綴有白色小花的長棉裙子，微笑地說：「藍莓蛋糕、一塊曲奇餅和中杯熱蒸餾咖啡，奶分開給我。另外，給我一杯熱開水。」

「好的，請問現金付款還是刷卡？」

「刷卡。」我放信用卡在感應器上。

他趁這空檔跟我聊了起來：「最近老是下雨。」

「對啊，春天就是這樣。」我不自覺地看一看放在咖啡館門口傘架上的花折傘，順手抹一抹手臂和頭髮上的水點。

「待會兒我會給您送上食物。」他遞了簽賬紙和點餐單據給我。

「謝謝。」

我找了一張單人沙發坐下來，隨意拿起放在沙發旁、書架上其中一本榮格的書籍，自在地看了起來。室內乾爽的冷氣和輕鬆的氣氛讓我感到舒適。直至侍應生送來了食物，有禮地放在沙發前的茶几上。

我立即給咖啡加入了百分之十二的奶，可是一拿起銀匙，已經皺起了眉頭，器具是涼的。算了吧，這個侍應太忙，我的要求不能太高。我掰開了曲奇餅，放了四小片進去，弄了一棵四葉草。

這咖啡既濃且苦。侍應生說這種咖啡豆來自中東，它的味道苦苦的，呷一口，彷彿嚐到了苦澀的人生，可是只要你給舌頭一點兒時間，就可以嚐到甘味。這苦中的甘味，像巫師的香草，帶你進入神秘的感性地帶；它像一帖靈藥，治療了寂寞的心。如果想要增添生命的甜味，就要多加一件蛋糕。蛋糕媚俗的甜，直接而濃郁，甜得不留餘地，可是沒有餘甘，只有滿口甜。

我拿起杯子，杯柄是涼的，呷了一口咖啡，溫度也不對。我用銀匙取出四片曲奇餅，放在碟子上。沒有再喝了。我不喜歡這個溫度的咖啡。

與其喝這個不熱不涼的溫度，倒不如等它完全涼了才喝。涼了後，它又是另一種味道了，那味道，有時會給你帶來驚喜。

我悠閒地嚐了一小口藍莓蛋糕，喝着熱開水。

不理會四周喧譁的人聲，從手袋裏拿出鋼筆和原稿紙，開始寫作。

離我不遠處，一股不安的躁動吸引了我。

穿着灰色上衣的他，獨個兒坐在角落裏的雙人沙發上，不斷地撥打着手機。看來沒有人接聽。他將手機放在沙發前的茶几上，神經質地四處張望。咖啡涼了，他沒有理會，只是忐忑不安地看着玻璃外的世界。室內室外的溫差令玻璃變成了朦朧的水幕。

驀地，水幕外，恍恍惚惚地走來一個穿着粉紅色連衣裙的女孩。她美貌絕倫得宛如童話裏的公主，如絲烏髮輕拂嬌媚的臉頰，雙眸帶笑，似嚮往着完美如夢境的人生。

他想追出去，可是另一個王子般的男人已抱着一大束粉紅色玫瑰花，朝女孩走過去。

玫瑰花裏，想必是埋藏了「王子」的信箋，裏面寫滿了動人心弦的詩句。也許，玫瑰花裏，更收藏了同心指環，準備着見證他和這位「公主」生老病死的誓言。「公主」接過玫瑰花束，報以如花笑靨。滿懷的玫瑰花，收藏了無盡的情意。生命如煙塵，這些回憶卻會在時間裏永恆地活着，千生萬世，留在玫瑰花裏，見證他們的愛。

咖啡店內，穿着灰色上衣的男子冷凍了似的站着，看着窗外的「王子」和「公主」在長街的拐角倏忽而滅，跑進眾神的祝福裏去。

咖啡館內的燈光轉暗，琴師熟練地彈奏着蕭邦的《敘事詩》。既濃且苦的咖啡香，襲人而來。他獨自進入了寂寞之地，只能聞到空氣中的苦。

我低頭繼續寫作，也不再去注意他了。直至……

我不小心推落了一地原稿紙，正想收拾時，另一個人比我更快地拾起了它們，我驚訝地垂目，雙眸剛好對上了他失意的眸子。

「妳是作家嗎？」他站起來，交還原稿紙給我。

「應該算是吧。」我不好意思地說。

「妳寫愛情故事嗎？」

「寫。」

「我叫航生，是愛神咖啡館的老闆，可以寫寫我的故事嗎？」他的眼中滿是苦澀。

我猶豫半晌，說：「你說來聽聽。」

想不到，聽着聽着，我竟然一頭栽進了這個愛情故事裏。

從那天起，我每天都到愛神咖啡館去聽他的故事。

航生是家裏的獨子，父親是專營咖啡豆的商人。「公主」的父親是一所醫院的院長，母親是出色的心臟科醫生。他們兩家自祖父母那一輩，已經有極好的交情。

「公主」比他小三歲。他們一起成長，婚事早被兩家默許，視為天作之合。

「公主」長得很美，嬌嫩得如一朵粉紅色的玫瑰。自小，航生就寵着她，遷就她，甚至可以說是到了溺愛的地步。

但是，「公主」的個性並不像她的外表般柔弱，也沒有被寵壞。她聰慧過人，成績優異，現在已經是父親醫院的眼科醫生。她心腸慈悲，加入了慈善組織，有空時，就會去給窮苦大眾義診。

在一次去外地義診時，她遇上了「王子」。「王子」是加拿大華僑，也是參加義診的醫生。那次，她因為水土不服，病倒了。孤身在外，病倒了，分外覺得淒涼。這時，「王子」細心地照顧她，大家談了理想，談了人生，談了求學時的趣事……

不知不覺地，他們就共墮愛河。

航生很愛「公主」，可是「公主」說自己只當他是哥哥。一塊兒長大的啊，她依賴他，信任他，但這不是愛情。

「公主」和「王子」已經準備訂婚了，但航生仍然接受不了這個事實。從小，他就認定了「公主」為自己的妻子，長大後，大家便會結婚，牽手走一生的路，相親相愛。

可是，他的心裏也有矛盾的時刻。

「其實，有時候，我也弄不清自己對她的愛，究竟是不是愛情。離不開她，會不會只是一種習慣、一種責任——從她出生的那一天開始，兩家的父母就叫我以後要好好愛她。」有一次，他不經意地跟我說。

我每天都用心地傾聽他的故事，感受他的情懷。一天一天地，我們靠得更近。我開始說出自己的故事——父親在法國的大學教授考古學，母親是氣候專家，去了撒哈拉沙漠做研究；哥哥是冒險家，現在身在亞馬遜森林。我是失意的寫作人，除了寫作，也會做些兼職，暫時很窮，租了朋友爸爸的一個唐樓單位居住。

不知不覺地，我發覺自己喝的咖啡溫度適中，瓷杯和銀匙也是溫的。後來，航生會給我在咖啡裏加奶，分量是百分之十二，再加入一棵「四葉草」。

航生說：「這杯是有情人咖啡。」

我聽了，跟他的雙眼相視而笑，大家笑出了一對「∞」。

我們最後一次見面，是那年的十二月二十三日，那天，我在愛神咖啡館裏給他弄了第一杯咖啡。

「子君，妳可以做咖啡師了。」然後，他突然停了，認真地，認真得有點兒嚇人，說：「以後，跟我一起為顧客泡咖啡，好嗎？我們一起為這家店努力，好嗎？」

這算是求婚嗎？我一時間不知道如何反應。

滴答滴答，窗外忽然下起了雨來。

店內店外的景物都籠罩在一層水氣裏。

「明天是平安夜，我們一起來這兒慶祝，好嗎？我會給妳一個驚喜。」航生說。

我迷糊地瞇起雙眼，笑而不語，不知不覺地，進入了甜甜的夢幻世界裏。

愛情淡淡的香甜，糖果般，在舌尖化開化開，令人滿口芳香。

我陶醉在夢裏。

可是，這夢並不長久，一剎那，它就破碎了。

誰？為何突然輕輕地觸摸我的額頭？為何搖晃我的雙肩？不要！

我不要醒來。

可是，那人鍥而不捨地繼續搖晃我的雙肩。

不知道過了多久多久，我掙扎地想睜開沉重的眼皮。可是，疲倦仍好像融化的鉛塊，繼續在四肢、腦袋的血管裏凝固着。於是，我再次沉沉地睡去。做着美夢，吃着美味的藍莓蛋糕，喝着一杯熱咖啡。

然後，又有人不斷地用力搖晃我的雙肩，叫喚着：「子君，起來！快起來！」

雙眼終於可以勉強地睜開時，似乎看見一張剎那消失的臉孔。

這是甚麼地方？

這是，一張牀。

原來我躺了在牀上。

剛才，是夢？

不。

是回憶！

眼珠兒緩慢地順着身邊的牆向上移動，我看到了一扇窗。窗外細雨如絲，雨絲如下垂的珠簾。

那珍珠晶瑩圓潤，是少女們初次落下的情淚，從此，這種悲傷令她和窗外美好的世界隔絕了。

我恍惚的眼神朝窗外的遠方漫遊。

天空朦朦朧朧地籠罩着一層灰濛濛的水氣。

雨，下着下着下着。

滴答滴答滴答……

像一首催眠曲。

滴答滴答滴答……

讓我想起了那天。

那天，我撐着雨色的傘，走過那個公園鬱鬱蔥蔥的林蔭大道。

「滴答、滴答」，雨點打在綠葉上，滴落航生和「公主」的粉紅色傘子上。傘下，他風度翩翩，她輕聲軟語，如王子和公主，陶醉在充滿粉紅玫瑰的情調裏。

我忙傾斜傘子，不讓他們發現我。「滴答、滴答」，雨點打在雨色的傘子上，沿着傾斜的傘沿滴落，打在我的鞋面上。

輕快地輕快地，航生就這樣從我的面前走了過去，沒有再回頭。

「滴答、滴答」，沒想到在這雨色的黃昏裏再遇見他們。

我的淚，隨着雨點滴答滴答地墜落衣襟上，滴落、滴落，在這甜中帶苦的初戀裏。

輕輕地輕輕地，它離我遠去了。

兩旁的接骨木，可以為我醫治悲傷嗎？

接骨木也為我沉默。

沉默是這雨中的林蔭大道。

在那個令人傷心的平安夜後，我就自動從航生的天地消失了。我帶走自己的悲傷，讓航生和「公主」快樂地復合。因為，那天我看到了不應該看到的情景，流了一夜眼淚。第二天，我就訂了機票，辭了兼職，拖着行李箱走了。沒有告訴任何人我的行蹤。

我一直沒有目標地流浪、流浪，隨意地去到哪兒就在那兒找一份工作，然後住進洋洋租給我的房子裏。幸好，洋洋的爸爸在世界各地都有房子。

就這樣過了一年。有一天，我遊魂似地漫遊到一個海灘。海灘旁邊有一間咖啡館，我不想進去，只在它的旁邊坐了半天。看海浪的起落，看孩子在嬉水，看愛美的男女在曬太陽。

看得累了，正想離開時，老闆娘突然捧着一杯咖啡走過來，她熱情地說：「小姐，請妳喝一杯咖啡。」

我感激地接過來。呷了一口，竟然是來自中東的咖啡豆弄出來的蒸餾咖啡！奶多了些，攪拌得太久了，以致有點兒酸。

「妳是來自哪個亞洲國家呢？妳喜歡喝咖啡嗎？過幾天，我們就過年了，你們甚麼時候過年？妳也要回家過年嗎？」她一口氣問了很多問題。

我一一仔細地回答。跟她談着談着，突然談出了一些人間的味道。我想，我該回去「人間」了。

就這樣，我收拾行裝，回家了。回來後，租了洋洋爸爸的另一個唐樓單位，繼續努力地寫作。

回來後，一直沒有再見航生，一直沒有再見從前的朋友，只有洋洋知道我回來了。

想不到，那天竟然在那個公園裏看見了他們。

「咕——咕——」

樹木裏忽然傳來白鴿的叫聲，把我叫回現實。

我回過神來。這是甚麼地方？不是公園，不是我家，也不是海濱小屋。

這是甚麼地方？我坐了起來，看一看自己的「手」，我仍然是一隻小黑貓，這是……世界樹的結界！

我跳下牀，準備逃走。

一隻小白鴿，突然飛到窗框上，叫着。

窗外，雨，已經停了，只留下一片灰濛濛、乾巴巴的天空。

那隻站在窗框上的小白鴿沒有咕咕叫，因為牠的嘴裏叼着一把金鑰匙，鑰匙的末端有一個圓形的大孔，穿着一根黑色的繩子。

我抬起頭，看着牠。

牠扔金鑰匙到牀上，說：「小黑貓，快逃！」

會說話的小白鴿！

「妳現在很危險，得快點兒離開這兒，跑到一棵有門的大樹那兒，用這把鑰匙打開那道門，跑進裏面，弄停裏面的時間鐘，否則妳就永遠變不回人身！」

「不是吧！」我大驚失色。

「是的！樹幹裏面有一座古老的時間鐘，但它只有分針。這根分針每走完一個圈，世界樹就會轉移到另一個地方。沒有人知道世界樹會轉移到甚麼地方，只知道它一轉移到下一個地方，上一回闖進來的生物就會永遠以當時的姿態困在這裏。」

「那麼，我豈不是要永遠做一隻黑貓！」

「是的。」

「我不要這樣。」我幾乎哭起來。

「那麼，快拿着這把金鑰匙，去弄停時間鐘！」

我從牀上拿起金鑰匙，套在頸項上，焦急地問：「我還有多少時間去找它？」

「大約半天。」

「就算找到了，我該如何弄停它？」

「用眼淚。」

「眼淚？甚麼意思？」

「不要問了，快去吧！時間無多！」

「可是，我認不得路，怎可能在半天內找到目的地呢？你……你可以幫幫忙，陪我一起去尋找時間鐘嗎？」我以誠懇的眼神看着牠。沒想到自己竟然要向一隻小白鴿求助，世事真是奇妙。

牠想了想，說：「好吧。」

「謝謝你啊！」我立即推開門。

時間鐘

嘩嘩嘩！又是意想不到！

小屋外春光明媚、百花齊放，有的嫩綠，有的鵝黃。鴿子在牠們的住所咕咕叫着，小水流從圓的、有皺紋的石上滴落。

在沐浴着露珠的清晨裏，小精靈嘻嘻哈哈地鬧着笑着飛舞着，他們的腳環在金色的陽光裏叮噹響着，風高興地帶着叮噹聲跟他們玩捉迷藏。

在河邊，小精靈拍着雙翼，悠閒地拿根蘆葦在燈心草和睡蓮間伴魚兒遊戲，揮霍他們的時光。多美的畫面，這就是小精靈們的悠長假期吧。

「快！快跑進前面的樹林裏，找出那棵大樹！」小白鴿喚醒了沉醉的我，牠已經拍翅飛在前方。

我半醉半醒、糊裏糊塗地拔腿跟着牠跑。小精靈們繼續她們的嬉戲玩樂，無暇理會我們。

風在我耳邊呼呼吹過，樹木往後退，除了上體育課考核跑步外，我從沒有試過跑得這麼快。

我一直跟隨着小白鴿往前跑往前跑，直到看見一棵大樹，那棵樹上有道門，我想把鑰匙插進去時，左手不經意地推了門一下，它竟然自動開了。

我探頭進去看一看，裏面很暗，也很清靜，右手邊有一道狹窄的旋轉木樓梯通往上層。我小心翼翼地走進去，小白鴿則跟在我後面飛行着。

「咯吱——咯吱——」

木梯在我輕盈的腳下竟也發出輕響，猶如踩在雪地上般，我每走一級，它就「咯吱——咯吱——」地叫得人毛骨悚然。

周圍靜到了極點，只有小白鴿的展翅聲，令樓梯級的輕響變成巨響。

「小白鴿，這條樓梯安全嗎？怎會這麼吵？」

「應該安全的。」

「你怎麼知道？」

「我感覺到。」

「感覺……」我無言了。

忽然，木梯的扶手上出現很多點燃了的蠟燭。

咦？「有人嗎？」我大喊了一聲。

「妳瘋了嗎？這麼一喊，會被發現的！」

「被發現？被誰發現？」那些燭光看起來非常平靜，它們靜靜地燃燒着。

「妳不要多問，快往上走。」

那一根根蠟燭仍然平靜地燃燒着，彷彿身邊根本沒有人經過。更奇怪的是，它們甚至連燭花都沒有。

樓梯越走越窄，越走越陡，又是旋轉而上，所以越走越難走。

在這麼靜的空間裏，我開始心神不寧，害怕不知道甚麼時候、從甚麼地方，可能會竄出甚麼可怕的東西來，把我給嚇死。或者，不客氣地把我吃掉！

我神經質地看一看右手邊那幾根蠟燭，忽然覺得那燭光猛地抖動了一下。

燭光怎麼忽然動了起來？有風嗎？沒有啊。

「啊！」我整隻腳踩了個空，差點就滾落樓梯之間的黑洞裏去，幸好我身手敏捷，雙爪抓着上一級階梯，拼命地爬了上去。

好險，真是捏一把冷汗。

「妳沒事吧？」小白鴿緊張地問。

「有一級梯級猛然消失了！剛才明明還在的，燭光一抖，它就消失了。」

「奇怪。」

「怎麼了？」

「有點兒不對勁。我們已經爬了很久樓梯，可是一直沒有進展，我們好像在原地踏步。」

我驚訝地說：「你的意思是我們一直在走着同一個位置、同一條路？」

「有人在這兒做了一個結界，這是幻象，我們在走一條永遠走不完的樓梯。」

我們被困在這條樓梯裏了。我看着沒有盡頭的木梯，心慌了起來。

「別慌。幻象只能迷惑我們的眼睛，不能迷惑我們的心，所以只要閉上眼睛，用心眼去看，就可以找出它的破綻。」

好厲害的小白鴿。

牠說話時，幽綠的眼瞼閃着寒光，教人心裏發毛。白鴿的眼瞼怎麼會是綠色的呢？奇怪。

不過，這兒是世界樹的結界，不是一般地方，所以甚麼事情也可能發生。而且，牠在我危難時出手相助，一定是好鴿，我還是不要太胡思亂想了。

「找到了！」牠的右翅指向牆壁上一個小洞。

我一直沒有留意到這個小洞。

「把金鑰匙插進去。」牠命令我。

我忙不迭地把金鑰匙插進那個洞裏去。

木梯扶手上一直安安靜靜燃燒着的蠟燭突然劇烈地跳動起來，燭光開始忽明忽暗，木梯也開始劇烈搖晃起來。

轟隆隆！四周地震般搖晃得地動山搖，木梯彷彿大海中的小舟，在波濤洶湧中劇烈地顫抖着。

地震嗎？好恐怖！

我坐在木梯上，被晃得東倒西歪。

「快抓住扶手。」小白鴿表現得異常冷靜。

「咯啦——咯啦——」

我突然聽到一陣不尋常的聲音，連忙轉頭向下面看去。

「啊！梯子斷了！」我大喊。

那條無限延長的梯子，竟然因為劇烈的搖晃而開始斷裂，變成了懸崖峭壁上的懸梯，那斷裂的地方更急速地擴大。

「怎麼辦？」

小白鴿竟冷靜地注視着那斷裂加深的地方。

那裏已經變成一個漆黑不可測的深淵，如果掉下去，肯定會摔得粉身碎骨。所以，我拼命地抓緊扶手。

「出口在深淵裏。」牠指着斷裂的地方，語氣無比堅定，「只要有勇氣跳下去，就會找到出口。」

「跳下去？」跳進這個深淵裏去？別開玩笑了！我根本看不到甚麼出口，裏面又黑又深，跳下去，死定了，「這太危險了，萬一不是出口呢？豈不是要摔死！」

這時，樓梯震動得更劇烈，牆壁上的灰塵開始撲簌簌地落下來，燃燒着的蠟燭開始一根接着一根地熄滅。木梯斷裂處，巨大的黑色洞穴越來越深！

「快跳！」牠又再命令。

巨大的黑洞變得更大，一直向我的方向蔓延過來。眼看着我所站的梯級快要被黑洞吞噬，如何是好呢？

「快跳！」牠又再命令。

我只好沒有選擇地跳進那個黑洞裏去。

「呼——呼——」

陰森森的風，迎面撲來，在我耳邊呼嘯而過。

天啊！這個洞，真是深不可測！

我緊閉雙眼，忽然覺得很害怕。我不要孤伶伶地死在這個黑洞裏，人生那些甜蜜的美酒，還在等着我去品嚐。我還想在澄藍的天空下，接受陽光的擁抱；站在芬芳的大地上，看着夕陽慢慢地在遠山後消逝……

我才不要死在這種地方！

「呼——呼——」

風呼嘯而過。我沉默地下墜，下墜時那種沒有重力的狀態，有種無依無靠的感覺。

我的貓爪在黑暗虛空裏飛舞，但是甚麼也摸不到。我開始幻想下一刻的遭遇：下面會是《愛麗絲夢遊仙境》的童幻世界嗎？有兔子在開三點三的茶會，有老鼠在游泳，有魔法飲品，有紅心女王準備砍掉我的腦袋……也許會是一片硬硬的混凝土地面！也可能是魔王的領土！

「哎呀！」

我的肩膊突然着地，撞擊到一些軟綿綿的東西。它像一塊海綿，凹了下去，卸去了撞擊的力度，包裹住我，然後彈我出去。

我驚訝地睜開眼睛，眼前的一切令我更吃驚。

我跌進了一個奇怪的房間。

房間不大，可是感覺又不小。這兒很溫暖，異常明亮，因為它有很多扇窗，陽光從屋外射進來。

這兒似乎是一株鏤空了的樹幹，有很多扇門，究竟這些門通往哪兒呢？

我站在一個圓形的大廳裏，廳的中央有一張正方形木桌，桌子四邊各有一張設計不同的木椅子。

我直望房間的盡頭，就看見一座紡車，紡車前坐着一位梳着髻的白髮老婆婆，正背着我紡織。她紡進去的是金絲，織出來的卻是乾草。

我很好奇，沿着一張椅子爬上桌上看一看。

「小黑貓，妳覺得很有趣嗎？」那位老婆婆轉身，脣上浮動着少女優美的微笑，如新月的雙眼流灑着孩童天真的光芒。她的額上有皺紋，貼近臉部的頭髮卻是黑色的，髮色漸漸變白，髻上的頭髮已經全部銀白。

我迷惘地看着她。

「小黑貓，妳來探望我嗎？」她微笑着問。

「老婆婆，」不知道這樣叫她是否合適，「打擾您，不好意思。我來找個東西，它對我很重要。」

她放下手上的金絲，問：「妳要找甚麼？」

「我要找時間鐘。」

她雙眼閃過一絲奇異的光芒，問：「妳為甚麼要找時間鐘？」

「要令時間鐘停止運行，我才有機會找到回家的路，否則就會永遠被困在這兒！」

她站起來，慢悠悠地向我走來，坐在我前面那張木搖椅上，說：「這是誰告訴妳的？」

「一隻小白鴿。」

她伸手抱我在膝上。纖細幼滑如少女的手，輕柔地撫摸我頭上的毛髮。

與其說她在撫摸我的毛髮，倒不如說她在閱讀我的思想。

一會兒後，她微笑地捧起我說：「小黑貓，妳在那個世界的生活並不如意。」

「我……」她怎會知道？

「妳一直是一個失意的人。」

「失意？」豈止失意，簡直是失敗。

看着她彷彿洞悉一切的雙眼，我的心裏滿是苦澀。

不知道為甚麼，我耳際響起了「平安夜，聖善夜……」的歌聲。

然後，整個房間都迴響着這首歌。

「平安夜，聖善夜……」

「平安夜，聖善夜……」

我雙爪掩住耳朵，不要再聽，我不要再聽！那天以後，我最討厭平安夜了。

討厭死了！

那個討厭的平安夜！

在愛神咖啡館的晚上，「公主」戴着「王子」那枚訂婚指環的手，在走調的琴鍵上彈奏出一首只屬於他倆的舊調，寥落的琴音凸顯了她的淒涼。

穿着粉紅色裙子的她優雅如昔，訴說着和「王子」的故事。航生關懷地看着她，如守護天使般守護着她。

航生不是約了我嗎？

為甚麼「公主」會在這兒呢？

我記得航生說過，「公主」快要跟「王子」結婚了。在結婚前，他們決定跟隨「無國界醫生」的團隊再到那個定情的窮鄉僻壤做一次義診，更要在那兒手拉手拍一張「執子之手，與子偕老」的婚照。這張照片會被放大，擺放在婚宴大廳的入口，讓世人見證他們這段義工情緣。既感謝上天牽紅線，也發揚推己及人的大愛，告訴世人：大愛是無分國界、無分種族的。能夠去愛別人的人，自己也會得到最圓滿的愛。

連我也被他們的慈悲心感動了，忍不住要默默祝福他們。

可是，「公主」為甚麼會來這兒？為甚麼不在籌備婚禮，反而來找航生呢？

我不動聲息地站着，聆聽他們的對話。

她說，她做了一個夢，夢見自己在一個不知名的地方，不停地徘徊。想找回家的路，卻找不到。在沒有人的黑夜裏，走着一條彷彿熟悉卻又陌生的路。越走越徬徨，越走，路越不清楚。彷彿是不同的路，又彷彿是相同的路。然後，她在心慌意亂中醒來。

醒來時，她宛如聽見「王子」的溫馨耳語，看見他嘴角泛起的甜蜜微笑。

她說，「王子」是如此地令她傾心——他的俊朗，他的修養，他的細心，他的氣息，多麼多麼令人留戀。她遇見了他，是天神的祝福。從那天開始，他在她光明燦爛的心殿裏，增添了千萬道耀眼的金光，令她的世界美如愛神的聖域。

可是，現在他不再停留在她的神殿，他離去了，去了他的天國。他那情深的回眸，再也看不見她了。

她的天地黯淡了，她的夢破碎了。失去了他，她倒下如垂死的天鵝，悲鳴着，哀號着。可是，始終得不到回應。

「公主」哭着追憶說：「那個早上，大雨滂沱。出發前天氣還很好，好端端的就下起了大雨。我們和其他醫生前去那個偏遠山區，小車的輪子在泥濘裏顛簸前進，突然……突然……它滑下了一道斜坡，車門摔破了，我幾乎被摔了出去！他……他一把拉住我，把我往車廂裏推去，自己卻……卻整個人給摔了出去……」「公主」捲曲着身軀，雙手掩臉大哭起來，「當地警方直至現在仍找不到他的下落……因為當地的衛生環境很差，媽媽怕我會生病，所以哀求我先回來，再作打算……我……我對不起他……」

「公主」捲曲着的身軀顫抖起來，雙手掩着臉繼續嚎哭。

航生驚愕不已，只知道輕拍她的雙肩來安撫她，良久不懂得如何回應。

空氣凝固了，只有「公主」在悲聲大哭，彷彿天地都在為她惋惜。

直至航生溫柔地說：「別哭！妳還有我！我會照顧妳的。」

她聽了，呆了半晌，然後感激地握着航生的手。

雖然她心殿的萬丈光芒可能已經熄滅，悲傷的淚水淹沒了心的深處。不過，她接受另一個願意守護她的人的好意，在他溫暖的話語裏，找到了安慰。

靜靜地站在門外的我悄悄地聽着。

聽到這兒，我低下頭，轉身走了，離開航生的咖啡館。不發出一點兒聲響，不打擾一對舊情人的重聚。

我們本來打算一起慶祝平安夜，想不到，「公主」比我早到了。他們會復合吧！他們的心會因此而變得更接近吧！

我走到街上，滿目華燈輝煌，在我朦朧的眼裏化成了五彩斑斕的銀河，滔滔不絕地落下來。

前面那座臨時搭建的高大燈塔，它的時針和分針驀地指向了「十二」。時鐘突然彈出，聖誕老人從裏面走出來，翩翩起舞。然後，四周播放出祝賀聖誕快樂的歌，音樂飄揚，霓紅燈閃爍起來。

人們手舞足蹈地歡呼着，只有我孤單地瑟縮在一個暗黑的角落。

十二時了，灰姑娘的魔法車、裙子都打回原形，連王子也留在童話世界裏。灰姑娘要離開皇宮，離開那個夢幻世界，跑回家去了。

回家去，回去一個人的世界。從前，它並不寂寞，現在，它變得寂寞了。

我雙手插進大衣的口袋裏，茫茫然在街道上走着。

曾經想過，跟航生執手走過往後的人生路。

曾經，腦海裏浮現過很多很多美好的片段。

忘了，我忘了，他只是我的月光。借來的啊！

我的心悲哀地顫動。

他那些無意的情深回眸，是在看我嗎？他的眸子看到了我，心裏看到的，也是我嗎？他的情，他的意，曾經滿滿都是「公主」，現在也一樣嗎？

誰不知道，他自幼就疼着她、寵着她、照顧着她——怎可能放得下她？

這借來的愛，是時候要歸還了。讓他繼續疼她、寵她、照顧她。

我不過是他在咖啡館偶遇的一對過客，無意地互相觸動了心底的一根情弦，一起彈奏了一首短暫的小曲，然後如輕鴻，各飛西東。

這借來的愛，歸還也很應該。

他的心裏一直有她。這點，我很清楚。

可是，為甚麼我的心這麼疼？

為甚麼我的淚禁不住流了下來？

祝賀聖誕的歌仍播個不停。

「我祝你們聖誕快樂，我祝你們聖誕快樂，我祝你們聖誕快樂……」

這歌，何時才播完啊？

四周華燈輝煌，華燈輝煌……

可是，灰姑娘要獨自走回她灰色的世界去了。

我掩着眼哭哭哭。

「小貓，妳怎麼流淚了？」老婆婆輕撫我的頭說。

「因為我的心很疼。」我落着淚說。

老婆婆指着其中一道門，說：「那個讓妳落淚的人，就在門的另一端。如果妳想回去，就推開這道門。」

想起航生和「公主」在那個公園裏一起撐着粉紅傘子，談笑風生的溫馨場面，我大呼：「我不想再看見他們！」淚水如缺堤的洪水般流下來。

一滴一滴又一滴，落在老婆婆的手掌上。

「我的手怎麼了？」她驚呼，猛地把我扔掉。

我跌在地上，貓的本能令我立即敏捷地翻身彈起，抬頭看着老婆婆。她的手變得半透明，然後是手臂、雙肩、頭、頸項、上半身和雙腿。變半透明的每一部分也隨即僵硬起來。只是眨眼間的工夫，她已經全身半透明和僵硬了。

房間突然變色，潤白的光芒瞬間變成暗綠。

「怎會這樣？」我目瞪口呆。

「妳成功了！」門口傳來一把聲音。不知何時，小白鴿就站在門口。

「小白鴿，怎會這樣？時間鐘在哪兒？」

「她就是時間鐘。」

「她就是時間鐘！」

「對啊！沒有騙妳。」

「我以為時間鐘是一個鐘。」

「形態是可以改變的。她本來就是一個鐘。看見那個紡織機嗎？」小白鴿的右翅指向紡織機，「她紡進去的是金絲，織出來的卻是乾草。因為時間未用前，如黃金般珍貴，用完後，就被吸乾了價值。」

「老婆婆變成這樣，時間算不算是停止了呢？」

「從她的手離開紡織機的那一刻開始，這兒的時間就已經停止了。」

「可是，她怎會變成這樣？我怎樣可以救回她？」

「有人把恨河的水放進了妳的眼裏，所以妳的淚水是殺神的毒藥。這真是一個意外的大收穫。」

「殺神的毒藥？」我想起了，花無雙說過，她交了殺神的毒藥給我。原來，她將毒藥藏進了我的眼裏，「那麼，我豈不是殺死了時間鐘！這個世界的時間豈不是會從此停頓？」

「不會的。因為妳是凡人之軀，所以力量有限，時間鐘只是給妳弄得睡着了。但是，她可能永遠不會醒過來。時間鐘是身分很特殊的天神，她的生死影響着天人魔三界，不過，她的法力只受制於人類。」

牠飛向四周的門，仔細地逐一察看，然後指着剛才時間鐘指着的門說：「只要打開這道門，妳就可以回家。」

回家的門？

這種時候，還是走為上策。

於是，我跑過去，用力握着那門的門把，可是……推，推不開；拉，拉不來。

「怎會這樣？」我使勁地又推又拉。

牠奸狡地笑着說：「沒用的，妳放手吧，這些都是只有時間鐘才拉得開的門。現在時間鐘沉睡了，所有門便自動被古木女神的法力封印住。要如此小心，因為其中一道，就是通往魔域的門。」

「通往魔域的門！你怎會知道？」

「我是魔王派來潛伏在此的內奸。」

善良的小白鴿竟然是內奸！

「你騙人，魔物根本不可能進來古木女神的結界裏！」

「我借助了小白鴿的身體，才可以進來。牠是上次闖進世界樹的人類，因為不能準時找到出口，所以要永遠以白鴿之身停留在這兒。」

噢！原來小白鴿也是受害者。

「木精靈的法力守護了這棵樹，我試過許多辦法，都進不了這兒。我不是他們的對手。這次，憑着妳身上那股不可思議的法力所形成的法力圈，我們才可以順利進來。」

我的身上怎會有法力？

木精靈？我沒有看見喔！不如我大呼一聲救命，叫他們出來幫忙。

於是，我張開口，打算大呼救命。

誰知道小白鴿竟然潑冷水：「即使妳大聲叫喊，他們也不能進來這兒了。」牠變出一個綠水晶球，那個球兒受牠的法力操控，自己一擲下地，就爆裂起來。爆出大量綠煙，並迅速彌漫整個房間，

「這些煙有魔域的法力，可以短暫封鎖這兒。」

「怎會這樣？」怎麼辦？我間接害了時間鐘，「你打算怎樣對付我和時間鐘？」

「時間鐘變成這個樣子，木精靈已經察覺，他們會立刻通知古木女神。但是，魔王會更快地從另一端打開這道通往魔域的門。妳快逃，否則我連妳也殺掉。」

「我不走！小白鴿，我知道你的本性不壞。我們一起走，帶時間鐘一起走。你棄暗投明吧。」

「哈哈哈，我不會跟妳走的。而且，妳帶走時間鐘也沒用。她不會醒來了，除非……除非妳找到……但是，這是不可能的。」

「找到甚麼？快告訴我！」

「告訴妳也沒有關係，就是情人的眼淚。而且，必須來自人類的，才有用。」

情人的眼淚？

「妳不會找到的，這兒只有妳一個人類，但妳的眼淚是殺神的毒藥，所以妳別白費心機了。」

「即使我不成功，也不會讓你成功。我一定要救回時間鐘。」

牠狂妄地大笑起來：「我不會失敗的。」牠變出一小瓶水，用魔法控制那瓶水自動倒進其中一道門的鑰匙孔，說，「這是加速破解魔法的魔泉之水，不用一天時間，古木女神的封印就會被破解，魔王的大軍會從這兒衝進來。即使是古木女神和黃土的兵團，也不能對抗陛下。世界樹除了是各個時空的出口，也是支撐聖域和人間的中間點。只要世界樹的結界落入魔王之手，大軍就可以自由出入各個時空，聖域和人間也會自動淪陷。好了，別再多問，妳快走，不要妨礙我！否則我就殺掉妳！」

說罷，一陣冰冷徹骨的陰風，突然就刮上我的臉龐。

風中帶着濃重的腐爛味道，暗綠的房間裏，一個又瘦又高的身影，猛地出現在我面前。他披着一件烏黑的斗篷，低着頭，披散的頭髮幾乎遮住了他整張臉孔，只露出蒼白的下巴。他突然抬頭，那雙幽綠幽綠的眼睛露出兇光。

啥！小白鴿原來被這個妖魔入侵了。看這身造型，就知道不會是好心腸的妖魔。

「呼——」

又一陣冷到徹骨的寒風，向我撲面而來。

好嘔心的腐爛味道！這妖魔到底是誰？不如問問他。死，也要死得明明白白。

我問：「你究竟是誰？」

他爽快地說：「告訴妳也沒有所謂，我叫殷鑑，肉身仍被月之女王冰封在冰墓裏。但是，經過幾百年的修煉，我和大部分族人都依附在其他生物身上重生了。」

「月之國的冰墓？你是當年投靠魔王的半神人！你和其他族人曾經一起謀反，希望推翻月之女王的統治……那麼，你已經害死了本來的小白鴿了？」

「小白鴿？牠原本的靈魂被我封鎖在心靈深處，已經不可能再回來了。從我走進牠體內那天開始，牠就註定了要喪失自己。」他幽綠的眼閃出殺意，「我忽然覺得，依附在妳的身上更好，所以我改變了主意，不放妳走了，妳別跑！」

他的手指突然長出長長的尖銳指甲，那指甲黑黑的，尖得像刀子般鋒利。他的大手朝我伸來，準備掐住我的脖子。

不要殺我！

我拔腿跑出這個房間，衝向樓梯。

跳進樓梯的黑洞裏去。

「呼——呼——」

大風又在吹。這次，通道另一端的出口，究竟會是甚麼地方？

「呼——呼——」

「哎呀！」我着地了，這次摔得好痛啊！幸好我只是一隻貓，筋肉柔軟，身手敏捷。

我張開眼，眼前是一個森林。唉，又是森林。我忙翻身起來，繼續逃亡。

我在森林裏橫衝直撞，沒有方向地亂跑。

四周的陰影漸漸加深，我仍儘快地往前跑，直至撥開茂密的羊齒蕨葉子時，不由自主地滑下了一個長滿松樹的斜坡，才被迫停下來。

森林看起來更幽暗，更沉寂了，連一絲一毫帶有海的氣息的風也沒有。相信我已經離開海濱小屋很遠，跑進森林的深處了。

死寂的氣氛令我感到害怕。

這時，四周的樹木竟然擺動起來，我聽到有東西在摩擦樹木的聲音，很像是某種大型動物正在磨利爪子，來回摩擦樹皮的聲音，從四方八面包圍過來。我慌張地四處張望，卻甚麼也沒有看見。

難道那半神人追上來了？難道這片樹林裏有怪物？難道魔王還有其他爪牙？

那聲音又再出現，這一回是從身後傳來的，而且越來越靠近。不管那東西是甚麼，牠從一棵樹移動到另一棵樹，經過每棵樹都發出摩擦的聲音。那摩擦樹木的聲音令人毛骨悚然。

陰風陣陣。

我雙爪抱着頭，抵擋從樹林裏吹來的冷風。接着，我聽到一陣尖叫。那尖叫聲幾乎要把我的耳膜震破，讓我停止呼吸。

我嚇得不停地往前跑，跑到力竭便跌倒在地上，難過得哭了起來。

為甚麼我這麼倒霉？只不過是想看看熱鬧，竟落得如斯田地！

我嗚嗚地哭過不停。

（我好累，我想睡覺，我只想回去海濱小屋睡覺！）

我害怕地盯着周遭的一片漆黑，祈求沒有災難降臨到我身上。

可是，世事哪有這麼如意？

在漆黑中，前面那片森林裏，走出六名從頭到腳身穿黑色外袍的高大身影。他們手握利劍，雙眼閃動着冰冷的光芒，口中發出讓人汗毛直豎的聲響。他們朝我走來，每走一步，都陰風陣陣。

陰風吹起了黑袍，現出黑袍下破爛的灰色盔甲。這些是蚩尤的幽靈部隊！它們曾入侵聖域，連黃土的聯合部隊也不是它們的對手！現在，它們也比魔王更快一步地進入了世界樹的結界裏。

這次，我小命不保了！

陰風，好寒！我怕得心臟狂跳，嘴巴僵住，全身抖得爬也爬不起來。

救命啊！

陰風更寒了。

快被殺了！我死定了！

「嗚——嗚——」

爸爸媽媽哥哥永別了！

臨死前，可否先賞賜我一客「歡樂世界」？

它們飄到我面前，舉劍向我砍下，我閉上雙眼等死。

驀地，我的體內有個小東西爆開了！一股力量從這個東西不能自控地流灑出來，一層光在我的體外形成了一個氣泡，溫暖地包裹住我。我彷彿在母親的子宮裏飄飄浮浮，感到很安全、很安心。

這時，四周穿着盔甲的黑影竟然害怕得往後退，躲進森林裏去，然後消失了。

它們消失後，我仍然在半空中飄飄浮浮，有股不知名的力量滲入我體內，令我回復精神。好舒服，像在浸溫泉，我在泉水裏翻滾玩樂。

可是，玩樂的時間並不長久。我前面突然爆出一些紅色小火花，小火花越爆越多，接着，所有火花開始靠攏，從紅色變成銀色，然後形成了一個人形。不消一會兒，它的五官也開始清楚可見。

竟然，竟然是巫珈晞！

巫珈晞？她不是還在生命之池裏沉睡着嗎？怎麼會這樣？她怎會在這兒？

她微笑地飄向我，伸出雙手直插我體內！

我做出唯一能做的抵抗——大喊：「妳想幹甚麼？」

「沒甚麼，」她的話音如風，飄飄渺渺的，「只是想摸一摸妳體內的生命之蓮，也許，我會取走它。」她詭異一笑，插進我體內的手發出一股力量，令我全身發燙。

「生命之蓮在我體內？」

「妳是另一個宿主。別怕，妳的生命之蓮已經開了花，即使離開了宿主，宿主也會繼續活着。妳會沒事的。」這時，我體內的生命之蓮突然爆出強光，一股不可思議的力量把巫珈晞的手推了出去。

她被我的力量逼得彈開了幾尺，仍氣定神閒地看着我。

那翻滾的力量令我很難受，它像千億萬道激光不斷地直射進我身體。身體被逼得瘋狂地顫抖，全身貓毛直豎，在光泡裏翻滾，痛得幾乎爆裂，我只能大聲地喊叫。下一瞬間，那力量如逃亡的野獸般朝我體外直奔。

經過一番折騰，我虛脫得幾乎昏迷，幸好生命之蓮的力量忽然減弱了，甚至在剎那間完全消失。失去了力量後，我立即從半空掉下來，摔在地上。

巫珈晞又向我進逼過來。

她指着我的心臟位置，這位置立即變成半透明，中央部分盛開着一朵粉紅色的蓮花，她說：「看見了嗎？這就是生命之蓮。」

生命之蓮？「我才不想跟這東西扯上關係！」

「如果妳不想要，就送給我吧，我正想收集生命之蓮。」她笑裏藏刀，陰森莫測地看着我。

雖然很虛脫，但我那貓的身子仍然本能地往後退，大呼：「妳為甚麼要收集生命之蓮？」

她笑得似有還無，不可捉摸，狡黠鋒利的目光令人害怕。她說：「當三顆生命之蓮都開了花，天庭就會有翻天覆地的改變。如果能擁有三顆生命之蓮，這人必為力量最強大的天神。」

「妳想做力量最強大的天神！」我驚呼。生命之蓮有女媧娘娘的力量，倘若巫珈晞得到了三顆，復活後，力量可不少！不過，她的體內也有至尊天魔的邪血！她可以走正道，也可以入魔道，一切只在她的一念之差。我忽然記起：「可是，妳的軀殼不是還在生命之池等待復活嗎？」

她聽了，詭異地笑了。

我恍然大悟，她，不是巫珈晞。雖然很像，但絕對不是，因為聲音變了，眼神變了，行為也變了！我恐懼地說：「妳不是巫珈晞，妳……莫非……是……」

「巫忘。」

「那麼，巫珈晞呢？」

「她的肉身仍然在生命之池，但是她十四年的短暫記憶，已經在死亡那一刻歸於零。妳看見的，是我的神魂。我的神魂已經可以脫離身體，游走各方。」

「妳的回憶獨佔了整個神魂，以後的一切，都得依照妳的想法去做。」這不是好消息。

巫忘邪笑，她的眼神裝滿了怨恨。

她已經掉進了負面情緒的黑洞，肯定沒有好事情，肯定不會發生甚麼好事情。

我何不輔導一下她呢？於是，我說：「妳現在多好啊！神魂可以自由自在地出遊，何不天上地下到處旅行，飽覽名勝古蹟，品嚐美味佳餚，享受人生呢？過去的，就讓它們過去吧，更美好的，正在未來等待着妳啊……」

「廢話少說！」說罷，她陰森一笑，突然張開口來，那口越張越大越張越大，大得好像可以把我吞下去。她不就是火爐上相片裏的那個人嗎？莫非她想吞下我，連同生命之蓮一起吞下去？

「不要！」我大呼，我要生存！

強大的求生意志，引發出我體內生命之蓮的力量，全身立刻爆發出強烈的黃光！我感到自己正在控制那力量的反擊。

我閉目感受着那來自女媧娘娘的強大力量：它在我體內流竄，多得滿溢，往外流瀉。

生命之蓮的力量和我的意志力漸漸合而為一。

當我再張開眼睛時，巫忘身體的顏色已經變成了紫色，她平和地說：「妳和生命之蓮已經融為一體。將來，我們還要再見面。」然後，光熄滅了，她隨即消失無蹤，快得就像她出現的速度一樣。

消失了。來如風，去如閃電。她，原來不是來殺我，只是來令我和生命之蓮的力量合而為一。

她為甚麼要這樣做呢？

風又在吹，不過，不算冷。那些幽靈戰士應該不會回頭吧。

我還是走為上策，可是，去哪兒呢？

夢中夢

向着光明走，應該就會沒事。

於是，我舉頭看着天上。這時，天色已晚，但是沒有月光，四周仍然陰陰沉沉的，好不嚇人。我貓毛倒豎的四處張望。

沒有人，沒有幽靈，也沒有天神。

走向哪個方向呢？東南西北，隨便一個方向吧。我喜歡看日出，就向東走好了。於是，我往前走去。其實，我手上又沒有指南針，天曉得哪兒是東面。總之，我覺得自己正在向東走。

不知道是不是心理作祟，我覺得自己正在走向光明。咦，前面又的確有一點點光。那光點，像星光般微弱，但我看得很清楚。因為我現在是一隻貓，所以夜視能力很強。

那光點越聚越多，越聚越密，最終凝聚出一個形狀來。

不是巫忘又來了吧！這次，她又想怎樣？

我忙躲到一棵大樹後面，祈求那陰影可以保護我。

那光點聚出來的形狀，漸漸清晰了起來——是一部電梯！那電梯約有六尺高、兩尺闊，兩扇門緊緊地閉着。

電梯？誰在玩弄甚麼把戲？

我小心翼翼、一步一步地走向它，它的光也更亮了。不只是亮，簡直是閃閃發亮。然後，門開了一道小縫隙，縫隙裏射出強烈的白光。我被迫閉上眼睛，以避過瞎眼的危機。

「快張開眼睛！有人在閱讀妳的記憶！快，張開眼睛，快醒來，他們快回來了！」

這是巫忘的聲音。她的話是甚麼意思。

「快張開眼睛！快！他們快回來了！」

誰？誰快回來？

「快張開眼睛！快！」

雙眼好奇地張開了一道縫，白光立即充滿了我的瞳孔。
我的雙眼張得更開，更多強光衝進了我的瞳孔。
我用手臂掩護雙眼，從手臂後偷偷窺探前面的環境。
這是……洋洋的海濱小屋！我躺了在主人套房的三座位沙發上。
我回來了！強光、森林、電梯都不見了。
我看了看雙手，人類的手掌、手指和手臂，噢！我是人類。我望向梳妝鏡，再看，這是我！不錯，是我。我是人類。
哈哈哈！太好了。
剛才應該又只是南柯一夢罷了。
這時，房門，突然，被打開了，是誰！小偷嗎？
他——竟然——是——巫——言！
幹嗎又進入我的居所？
「她竟然醒了。」一身皮革的巫言不滿地望向身旁那個一身古銅色皮膚，好像剛從夏威夷度假回來的林書賢，「你的藥失效了嗎？還站着幹甚麼？快令她再睡去。」

藥，甚麼藥？我還搞不清楚他們在進行甚麼事情，已經被林書賢推倒，打了一針。

（可惡，一定是鎮靜劑！）

他想怎樣？要把我送去夏威夷嗎？我不喜歡陽光與海灘啊！

我拼命掙扎，好像打了他幾拳。他閃閃避避的，似乎無意傷害我。混亂中，我聽到他唸唸有詞。

那些不知名的音符一個一個地走進我的耳朵裏，像「嗡嗡嗡」地叫個不停的蜜蜂，弄得我更頭昏腦脹，漸漸神智不清，然後恍恍惚惚地墜進不知名的幽暗裏去。

我的大腦開始混亂了。

我忽然想起「莊周夢蝶」的故事，我從沒有像這刻般渴望跟莊子做一次思想交流。

究竟哪個是夢？哪個才是真實？

我的舌尖忽然又泛起了熱巧克力的味道。那味道非常真實，不可能是假的吧。

再睜開眼，已經身處一個森林的深處。

我忙看一看自己的手——噢——是貓的爪！

這是魔法森林，世界樹的結界！我被送回來了。

豈不是又要逃亡？真是很操勞的一天。

究竟這是夢，還是現實？究竟現在的我，是一個人，還是一隻貓呢？

假如這只是一個夢，我應該不會死，就算死了，也可以隨時復活。而且，傳說貓有九條命，按理是可以復活八次的。

我體內又是不是真的有生命之蓮？

那一群神仙究竟又在搞甚麼鬼？

竟然連我也牽扯進來了，真可惡！

回去海濱小屋後，我要用我的筆寫臭他們。

我也不是好欺負的！

在我胡思亂想時，驀地聽見遠處有鳥鳴！我警覺地豎起耳朵細聽，又四處張望。

咦？遠處隱約有東西在動。

我小心翼翼地朝那方向走去。

噢！原來是一口古井。

古井中長出一棵巨樹。其中一枝樹枝上掛着一個鳥籠，裏面關着一隻奇怪的鳥——紅頭黑眼，身體呈藍綠色。

「喂，喂，小黑貓，小黑貓！」

在叫我嗎？我有點兒心慌。連白鴿都是壞人，牠也可能是壞鳥。

還是不要輕舉妄動。我盯着牠看，不為所動，身體擺出隨時逃亡的姿勢。

「小黑貓，我是西王母殿下的青鳥。我中了魔法，請妳救我出來。」

「中了魔法？你已經是神獸，怎會中魔法呢？」我露出懷疑的目光。

「前些日子，我幫主人送極樂茶給古木女神殿下，回程時中了妖魔的陷阱，被關進了這兒。」

「妖魔？」

「他披着一件烏黑的斗篷，漆黑的頭髮幾乎遮住了整張臉孔，下巴蒼白如病人。」

是殷鑑！那個冰墓裏的半神人。

「我要怎樣做，才可以救你離開這個籠子呢？」既然同是天涯淪落人，我好應該出手相救，不，是出爪相救。而且，我記起來了，牠的確是西王母的青鳥，牠曾經前去拯救巫珈晞一家。

牠欣喜地說：「謝謝妳。救我的方法十分簡單，妳先從樹叢中找出一隻金杯，汲取一杯井水，然後倒在鳥籠上，籠門就會自動彈開，接下來我自己就可以處理了。」

這個倒是很容易，我依照牠的話從樹叢中找出了一隻金杯，咬着杯耳，彎下身從古井汲取了一杯水，爬上樹後，垂頭倒水在鳥籠上，籠門果然自動彈開。真是很有童話故事的感覺。

牠立刻推開籠門，直衝上天，牠的身體在天上一直變大，直至變大了十多倍才停止。牠飛向我，說：「謝謝妳！我要怎樣報答妳呢？」

「我要找一滴情人的眼淚，你可以幫助我嗎？」

「為甚麼要找情人的眼淚？」

「時間鐘給恨河的水弄得沉睡了，魔王很快就會開啟魔門進入這兒，世界樹恐怕會淪入他的手中！只有來自人類的情人的眼淚才可以救醒時間鐘。」

「這兒是神聖的世界樹結界，沒有人類居住，哪裏去找情人的眼淚？」

這時，暗綠色已經從天際蔓延過來，四周飄來腐爛的氣味。

「糟糕了，剛才殷鑑說我有半天時間，現在恐怕快沒時間了。」

「世界樹怎可以淪入魔王之手！」青鳥張開翅膀，左翅微低，「快爬上我背上，我帶妳去找主人，主人一定可以幫我們解決問題。」

我還沒有做好心理準備，青鳥已經踢開大地，飛上空中。我的頭猛然甩了一下，眼前天旋地轉。強勁的風吹着我的身體，讓我全身往後仰，我趕緊向前傾，緊緊地貼在青鳥的背上。

「呼——呼——呼——」

風在我耳邊發出低鳴，吹起了我身上的黑毛，當然，我說的是我的黑貓毛。

青鳥隨着上升的氣流，往上直衝，隨心所欲地滑翔。

有時，青鳥也會隨着氣流俯衝，這些時候我會覺得五臟六腑全浮了起來，很不舒服。不過，有種令人顫慄的快感還是不斷地湧上來。

我在「飛」啊！第一次「飛行」啊！

我抓着牠的毛，說：「西王母……住在……哪兒？」風不停地吹進我的口裏，將我的話吹得斷斷續續起來。

「在西方的……昆侖山上。我們一直……西飛，就可以……找到主人。」

「謝謝……你啊……青鳥。」

「我叫綠兒……我的大哥叫……黑兒……二哥叫藍兒……」

名字有點兒怪怪的。

「因為我們……紅頭黑眼……全身藍綠色。」牠說完哈哈大笑，「哈……哈……哈……後來，主人覺得我們的名字……太古怪……追不上潮流，所以為我們改了新名字……飛翔……翱翔……展翔。我就是……展翔。」

這些名字還可以。

天空更暗了，腐爛氣味也更濃烈了。

展翔飛行了一會兒後，就帶着我俯衝，我又覺得五臟六腑全浮了起來，很想嘔吐。不過，那種令人顫慄的快感也同時湧了上來。

展翔降落到一個洞穴前，收起了翅膀，傾斜身體說：「小貓，妳可以下來了。」

就這樣，我完成了第一次「飛行」。我頭昏腳搖地從展翔的背上滑到地上，躺在地上仍感到天旋地轉。

「小貓，妳還好嗎？」展翔的大頭突然出現在我的面前。是大特寫哩！

牠的樣貌實在是太滑稽了，我忍不住笑了出來，連胃也感到舒服多了。

我爬起來，看着眼前的山洞。這個洞穴很深，就像是一隻漆黑的眼——深邃、黑暗，但充滿了神秘的吸引力。

忘憂草

我被這股神秘力量吸引，情不自禁地走了進去。

展翔全身發光，照耀我們的四周。我發現洞穴的四壁竟畫滿了圖畫。我伸手觸碰眼前的巖石，感到冰冰涼涼的，石上畫了一棵莖葉全白，果實如水藍色水滴般的植物。

展翔說：「這是主人的長生仙草。吃了它，人類就可以長生，神獸和半神人不但可以長生，更會法力大增。它一百年開一次花，一百年結一次果。今晚就是它結果的日子。」

我問：「它們在哪兒生長？你們今晚豈不是會開一次大食會？」

展翔搖搖頭說：「仙草是神物，只有天神有權享用。神獸必須靠自己修煉，不可以偷吃，除非得到主人的賞賜。」

我聽了，不禁想起花無雙的小蟠桃，看來天上的階級觀念也挺濃厚的。上次的蟠桃也是西王母種的，這位西王母不但喜歡種植東西，而且種出來的東西都可以令人延年益壽。她如果肯跟人間的美容產品公司合作，一起用草藥研發助人凍齡的產品，一定可以賺到黃金滿屋，成為聖域鉅富。不過，天神跟人類不一樣，她要那麼多金錢幹嗎？她不用花費，那麼她可以花在人間的窮人身上，開幾個慈善機構，救救貧苦大眾也不錯啊！

當我還在胡思亂想時，展翔已經向前走了一段路，他站在一幅比較大的圖畫前，拍着翅膀叫我過去。我邊向他走去，邊看着牆上的畫，那些畫似乎記錄着一個又一個故事。我無暇細看故事的內容，但是有一幅圖畫卻同時出現在不同的故事裏——一個變成植物的人。

這究竟是甚麼意思呢？

我想向展翔問個究竟，但是牠卻迫不及待地介紹面前所看到的那座大山：「這是主人住的昆侖山。昆侖山下，環繞着溺水，這水，即使一片鳥毛掉在上面都會沉落。昆侖山外面，又環繞着有烈火的大山，大火晝夜不熄，無論甚麼東西碰着它，都會燃燒起來。昆侖山山頂，長有五圍神奇稻子，門口更有守門的神獸。主人身邊這三隻青鳥，就是我和兩位哥哥，在我們前面的，是九尾狐姐姐。」

「是《封神榜》裏面那隻迷惑紂王、導致商朝提早滅亡的九尾狐嗎？」

「不是。《封神榜》裏面的那隻九尾狐，是她的親戚。」

我看見圖中還有一隻小白兔，又忍不住問：「這位不會是月宮殿裏，嫦娥仙子的玉兔吧？」

「妳又猜錯了。她叫月白，為主人看守靈芝；在月宮殿裏的那位，是她的妹妹。本來，我們還有一個同伴，她是……」

這時，一個淡淡的影子，輕鳴一聲，從我面前飛了過去，忽然又不見了。

我怔住，然後，吃驚地往後退。

黑暗中忽然走出了一個人，他笑得很可愛，是個身材結實健壯，天真的大孩子。

他問：「妳是誰？」

「我、我叫子君。」

「子君，好名字。妳是如何進來的？」

「被展翔帶進來的。」

這個大孩子看着展翔，假裝生氣地說：「原來是你這個小頑皮。前些日子，你跑了去哪兒玩耍？害我到處找你！」

展翔說：「大哥，我中了魔法，幸好子君救了我。」

展翔的大哥？那麼這個少年就是飛翔了。

他全身發出淡淡的光，一臉孩子氣地微笑着。只有從來沒有經歷過人間仇恨、哀愁的人，才會有像他這樣純潔的微笑：「中了魔法！你真失禮。我們是神獸，怎可以輕易受制於魔法？」

「這是因為我的法力遠不及大哥您厲害。您看，您可以變成人身，我卻不可以。」

飛翔不滿地說：「你總有理由。」

展翔說：「大哥，先不要責罵我。主人在哪兒？我們要儘快去救時間鐘殿下，她快落入魔王手上了！」

飛翔不解地問：「甚麼意思？」於是，我把時間鐘和世界樹的處境再說了一次。

飛翔聽完說：「但主人正在忘憂谷的密洞裏閉關練功，還要五個時辰才會出來。」他頓了頓，又說，「我們先進入忘憂谷再說吧。」

忘憂谷？

展翔拍拍翅膀，向我解釋說：「穿過洞穴，就是忘憂谷。忘憂谷是昆侖山的秘密入口，谷裏長滿了忘憂草。忘憂草散發出來的清香，會令人忘記所有憂愁和煩惱。極樂茶就是由忘憂草提煉出來的。」

極樂茶？

「極樂茶是眾神仙最喜愛的忘憂飲品。」飛翔補充說。

說罷，我們就一起走進無邊無際的黑暗。

這個洞穴比我想像中深得多，彷彿永無止境。

也不知道走了多久，我開始聞到輕輕的、淡淡的香氣。香氣越來越濃，還混雜了草兒潮濕的清香。

「好香。」

「裏面永遠百花齊放、芳草遍地。我保證妳從來沒有看見過這麼美的地方。」飛翔又微笑了，他的微笑使人忘憂，他的眼神好真摯。

我們又再走了一會兒，終於走出了洞穴。

飛翔沒有說謊，也沒有誇張。

這兒月色柔和，天朗氣清。忘憂谷確實是個極美麗的地方，美得像是個夢。

飛翔帶領我們輕快地跑進青草百花裏，然後指着一株黃色的草，說：「這就是忘憂草，妳只要用力地聞一聞它的香氣，心情就會變得暢快。」

這草真黃，金黃得如初昇的太陽。

初昇的太陽，充滿朝氣、喜樂和希望，但我可能再也看不到。想到這兒，我禁不住嘆息一聲。

就在這時候，一個黑影忽然飛來，掩住了月光，就像是一片烏雲。

我抬頭一看。那不是烏雲，那是一隻蝙蝠，灰黑色的蝙蝠。

那蝙蝠在月光下盤旋，在白玉般的巖石上盤旋，就像在尋找獵物。

飛翔收起純真的笑容，皺起眉頭說：「竟敢闖入主人的花園！」

那蝙蝠為甚麼來找忘憂草，難道連蝙蝠也有憂愁煩惱嗎？

這時，飛翔大叱一聲：「快離去，否則就是自尋死路！」

誰知，那蝙蝠竟然不走，反而朝他飛過來。

牠變成了一個她，一個嬌俏的女孩子。長了一張尖下頜的娃娃臉，漂亮的雪白臉頰像天上的白雲，眼睛大而亮，幽幽的眸子水光流轉，清明得如同兩潭碧水。她甜美地朝飛翔笑了笑，露出一對尖尖的小犬齒，長長的眼睫毛乖巧地閃動了兩下，像蝴蝶的翅膀，撫弄了他的心弦。

飛翔痴了一陣，臉紅羞澀地低下眼睛。

「飛翔哥哥，你忘了我嗎？」她的人已像流雲般飄起，裊裊地飛上了那塊白玉般的巖石上。

在月光下，她衣袂飄飄，美豔得令人傾倒。

飛翔眼波流動，閃動着一些美好的回憶。忽然，他抬起頭說：「翩翩，妳快逃生！等到主人出關，恐怕妳會沒命。」

翩翩嫣然一笑，說：「我不會有事的。」

「為甚麼？」

「因為你會保護我。小時候，不管我犯了甚麼錯，你都會護着我，甚至替我受罰。飛翔哥哥，對不對？」

飛翔漲紅了臉，不知道應該說甚麼。

「他捨不得妳受罰，但是我捨得。」從我們身後傳來一把輕柔的聲音，它就像一陣風，吹向翩翩。

一個花籃隨風拋向巖石，隨即鮮花散落，繽紛如雨。

忽然，我感覺到一股森寒的殺氣，隨漫天飛舞的花雨籠罩着這個忘憂谷。那些美麗的花隨即化成了一個個致命的武器，如閃電般向翩翩衝過去。

翩翩一躍上天，發出令人頭痛欲裂的鳴叫，震落花雨，可是她震不掉隨花雨而來的那股氣流。

那氣流如利刃向翩翩追殺過去。翩翩以真氣極力抵抗，可是那股氣流還是破了她的真氣，直衝她的咽喉。翩翩翻身閃避，仍被那真氣打中背部。

下一瞬間，她已像一朵忽然被剪掉的花，從天上落在地上，然後倒了下去。她翻身起來時，無意地拔出了一棵忘憂草。

一名白衣少女從我身後衝出，身法輕靈地衝向翩翩。原來那花籃是她拋出去的。

咦！這個白衣少女不正是我和千結被襲擊時，出現在天上那名手持白玉瓶子的仙女嗎？

飛翔也跟着衝出去，站在翩翩身前，阻止白衣少女繼續前進。

「月白妹妹，求妳放過她。」飛翔說。

「你這隻笨鳥，你瘋了嗎？她已經投靠了妖孽，闖入這兒就得死。如果給主人知道我們放走了她，我們都會受罰！」

「月白妹妹，我們不說，誰也不會知道。況且，她也不過是來拿幾棵忘憂草。」

「才不是這麼簡單！今晚是長生仙草結果之日，她一定是想來盜仙草！」

「連我們也不知道仙草種植在哪兒，所以她根本不會成功的。得饒人處且饒人，念在我們一塊兒長大的恩情上，這次就放了她吧！」飛翔輕輕地牽着月白的衣袖，懇求她。

「我不管了！你叫她快走。」月白說完就轉身一閃而逝。

飛翔走過去，拿起了那棵被無意地拔了出來的忘憂草，把它放在翩翩手上，扶起她，說：「翩翩妹妹，我不知道妳為甚麼要回來這兒，但是我知道妳一定有自己的隱衷。這棵忘憂草送給妳，希望它能幫助妳忘記憂愁。妳快逃，不要再回來了。」

翩翩眸光閃動，感激地說：「飛翔哥哥，謝謝你！」

然後她變回一隻蝙蝠，負傷向洞口飛去。飛翔溫柔地目送她的背影離去。

我和展翔站在原地，一時間不知道如何反應。

我說：「你的大哥有了情人啊！」

「我甚麼也不知道。我只知道翩翩姐姐從前是我們的同伴。」

「神獸談情，是犯天條的。」

「我甚麼也不知道。」

「你看見嗎？那個翩翩長得真美啊！」

「我甚麼也看不見。」

我看着展翔，他一臉不安。我明白的，兄弟情深，他絕不希望兄長受罰。

我們站在原地，呆呆地等着。

其實，在等甚麼呢？我沒有時間等了。

「請問西王母在哪兒閉關練功，我們可以去敲門嗎？」我忍不住問。

我沒有時間等了。

飛翔回過神來，又回復了明朗俊俏，溫文地說：「好的，殿下在前面的洞穴裏修煉，我們去看看吧。」

太好了！

於是我們跟着飛翔一起往前走進一條隧道。忘憂谷原來有很多不同的隧道，可以通往不同的地方。

這條隧道的石頭有點兒特別，似乎是夜光石。地面很平滑，牆壁也很平滑，像給人打磨過似的。隧道裏並不黑，石頭發出幽幽的綠光，雖然不算亮，但足夠給人看清楚牆上的圖畫。這次的圖畫跟剛才洞穴入口的那些畫，有點兒不同；它圖文並茂，甚至是文字比圖畫更多。我們每走過一個地方，前後三尺的牆壁上，都會出現圖畫和文字。像章回小說般，它們在訴說着一個又一個故事。

咦，其中一個不是后羿的故事嗎？對啊，后羿曾經向西王母求了兩顆長生不死藥，後來給嫦娥全吃掉，自己飛天成仙了。他的下場如何呢？我站着想看下去，飛翔和展翔卻催促我前進。

算了吧，回程再看。

我們繼續前進。

突然，山洞搖撼起來，像被人從外面拿了起來，用力地搖晃似的。

「怎麼了？發生了甚麼事情？」我驚慌大喊。

「地動山搖……外面一定發生了甚麼大事！」展翔不停地擺動翅膀來平衡身體。

「莫非魔王已經佔領了世界樹！」飛翔擔憂地說。

我們被搖得東倒西歪，最後都跌倒了。我慶幸自己現在是一隻貓，靈活性和柔軟度都很高，才不至摔得頭破血流。

一會兒後，山洞不再搖了。我伏在地上，抬頭看一看頭上的夜光石，看見它似乎不像會塌下來，才鬆了一口氣。幸好，西王母沒有像某些人間的無良建築商人般愛偷工減料。

牆上突然銀光閃亮，出現一行接着一行的文字；像有人正拿着筆，在書寫一個新故事。

咦，第一行寫了《千秋歲》，然後我看見了千結的畫像。

《千秋歲》
仙緣

當千結睜開眼睛時，她懷疑自己是否已經睜開了眼睛，因為眼前依舊漆黑，看不見一絲景象。她感覺到附近沒有人，也聽不到一絲聲音，除了腳下冰涼的石板外，這個地方似乎空無一物。她也感覺不到痛，她的傷似乎已經不藥而癒了。

她小心翼翼地站起來，雙手伸展出去，摸索摸索又摸索，才好不容易摸到一塊巖石。往前，還是轉身往後走呢？她猶豫着。

這時，一陣隱隱約約的芳香從前方吹送過來。千結深深地吸了一口氣後，決定隨着香氣，憑感覺往前走。

很漆黑。

很寧靜。

漆黑和寧靜惹起了她的愁緒。

她來自天上，是火族天神和凡間女子所生的半神人。

她心事滿懷，眼神流露出孤寂和悲痛。

從沒有見過父親的臉容，從不知道父親是誰。

母親很美，名叫夏薇，一生酷愛紅玫瑰。從前，每當黃昏，她就會在花園裏照顧那些紅豔豔的花朵。游絲般在微風中飄動着的長髮，散發着一抹天神抓撈不住的香氣；真絲白緞般光潤潔淨的皮膚，透出玫瑰般的紅暈。她恍如花神，教人傾心。

但是，千結習武，而且長得一點兒也不像母親。她那頭美麗飄逸的紅短髮宛如母親花園裏的玫瑰，清秀精緻的臉孔上鑲嵌着迷人的琥珀色眼眸。不知道多少次，當她跑向站在玫瑰園裏出神的母親時，母親都會吃驚地看着她，呼喚：「夫君……」聲音輕軟的，如仲夏夜溫涼的風。隨即，母親又會黯然地低下頭來。但是，額前的劉海也掩蓋不了她內心的思念，千結的心也隨着母親的落寞而感到刺刺的痛。

「天不老，情難絕，心似雙絲網，中有千千結。」是母親當年常唸的詞。她說，這是父親的盟心誓言。她每次望向後園的紅玫瑰，望向夜空，呢喃着這句詞時，那雙眼睛都會充滿期待和愛。她離開千結時，最後想到的，想必也是與丈夫分離時，他看着她的那雙眼睛吧。因為她昏迷被帶走前，那雙眼睛仍然充滿了期待和愛。

那天，當千結回到自己居住了十六年的家時，她背後突然走出兩個凶惡的大漢。他們用短劍，快速地刺向千結！

千結下意識一躲，其中一個的短劍就刺進了她後面那張座椅的靠背。大漢拔出劍來，又和另一個人一起夾擊千結。千結邊躲避他們的攻擊，邊向玫瑰花田跑去，希望逃出生天。

那兩人步步緊迫，絲毫不給千結放鬆的機會，招招直逼她的要害，顯然是要將千結置於死地。

他們纏鬥不休，攻勢越來越瘋狂，突然，千結不慎給一塊石頭絆倒，跌在地上，那兩個大漢的劍隨即齊齊刺向她的心臟。驚險混亂中，一個白色的身影突然衝了出來，擋在千結和兩個大漢之間。

這時，天上出現了一個穿金色盔甲的女戰士，她的黃金長劍飛快地射向其中一名大漢的劍，震得那把劍從大漢的手腕飛出數丈外，變作斷劍。黃金長劍隨即飛回女戰士手上。

那女戰士喝令：「逃命去吧！」

兩名大漢即跪地說：「謝謝，謝謝饒命！」原來這兩人是附近一名惡霸派來的殺手，因為他垂涎夏薇的美色，卻給千結打了一頓，心裏不忿，故派人來殺害她們。

兩名大漢速速逃命去了。

空氣中忽然爆裂出千結淒涼的哭聲，她抱着母親，淚如雨下：「母親……母親……」

原來那名大漢的半截斷劍，深深地插了在夏薇體內。殷紅殷紅的血流了出來，染在白長裙上，漸漸暈開，宛如一朵象徵死亡的玫瑰，顯得格外刺眼。

千結伏在母親的身上，號哭着。

日旒跟赤陽一家還真是有緣。她記得十六年前的那個黃昏，遇見赤陽及夏薇的情景。

那天，夏薇因為難產而命懸一線，赤陽失去理智地求死神大人饒過妻子一命。但是，因為夏薇本不是一般凡人——她跟西王母有淵緣，所以死神不方便無端修改她的陽壽。

此時，剛好日旒路過，死神決定順水推舟，於是飛上天上，假意找日旒聊天，並提及下界垂死的夏薇。日旒本有悲天憫人的心腸，聽見如此悽涼的事情，隨即到夏薇那兒看看，想想幫忙的法子。

當時，赤陽也不想他們為難，所以自願和日旒做一個交易：「殿下英明，一向為大家所愛戴和稱頌。屬下素仰三公主殿下悲天憫人的心腸。屬下願以性命懇求殿下一事。」

日毓會意地問：「你想夏薇回復健康？」

赤陽懇切地說：「是的。求殿下成全。」

「要區區一個凡人回復健康，不必以你的性命交換。」

赤陽茫然地看着日毓。

「你只需要以神格來交換。」

「神格？」

「對。以你做為天神的資格來交換愛人的健康。失去神格後，你要以火精靈的身分到月之國服侍本宮的外婆。」

「以火精靈之身服侍常羲女神殿下？」

「雖然本宮被你對夏薇至死不渝的愛情所感動，放你們一條生路。但是，因為夏薇是正在受罰之身，所以你們必須分離。」

多麼令人無奈的處境。

但是，赤陽必須做這個交易，因為他知道西王母的力量有多厲害，也因為他相信即使夏薇再轉生千萬世，即使赤陽萬劫不復，他們也會因這個孩子再走在一起。世事萬物，總要有因有緣，才可相聚。這個孩子將會是他們重聚的因緣。

為了將來的光明日子，赤陽唯有委屈夏薇陪伴自己忍辱偷生下去了。

但是，他不能操之過急，必須確保夏薇的安全：「殿下能確保薇兒以後都健康平安嗎？」

「有了你的太初正氣護體，她生生世世都會是一個身體健康的人。」

赤陽下跪，說：「謝殿下大恩。屬下願意降格為火精靈，以求妻子一生平安。懇求殿下不要將此事告訴薇兒，屬下不想她為此事而難過。」

然後，日皉吸走了赤陽體內的太初正氣，將它注入垂死的夏薇體內。

日皉的視線回到千結和夏薇身上。她憐憫赤陽一家的處境，如果夏薇死了，不知轉生至何方，也許他們一家永遠也沒有重聚之日。

如何可以保存夏薇的性命呢？

沉默半晌，日皉只有這個選擇了，她宣布：「送夏薇至冥界火河。千結是半神人，可以隨本宮回去聖域居住。將軍，帶走她們。」她沒有多解釋，因為夏薇和千結並不知道她們和西王母的因緣。

因為夏薇體內有赤陽的太初正氣，有別於一般凡人，她不會受到火河陰火的侵害。留在火河，她就可以間接得到永生，等待事情得到解決的一天。

千結聞着花香，繼續前進。回想起被帶走的那天，她已經忘記了天兵天將是甚麼樣子，只記得他們身上身後所發射出金燦燦的光芒和蠕動的薄唇。他們拖起千結，不管她的號哭和掙扎，帶她回天上。隔離完了，她就成為月老的童女，在他身邊修行，為人間播種姻緣。畢竟，她這種身分，這樣的出身，不可能被安排去修煉甚麼高深的法術，更不可能在天上得到高位。

母親離開了她，她從此成為孤兒。

離別，多麼傷痛！離別最親的人，更是悲傷。

噬骨般的疼痛，沉入千結的內心深處。這痛苦，痛得不能承受，痛得永遠消失不了。

千結流下了無言的淚。

長生，多麼寂寞。

在天上千秋歲月裏，如果沒有了母親，還有甚麼意義。

如果……

如果母親離開火河後仍然能長生，她們就可以一起生活，不再寂寞。於是，她決定去盜仙丹。她要兩顆，一顆用來救母親出火河，另一顆讓母親長生。這樣，她們的人生就可以改寫。

可惜，仙丹還沒到手，就已經被天兵天將搶了回去，她也落得被追殺的地步。看來，她終要和母親一起歸於塵土。

她，時刻掛念着母親啊！

那份沉澱到內心深處的痛苦，漸漸地，轉變為想爆發出來的憤怒。以往，它一直被埋藏在心底，被努力地壓抑住、隱藏住。

千結並不怕死，但是她不要死。

現在，還不要死。因為她還要去拯救母親。

如果得不到長生不死藥，就去盜取天神的武器，以此進入火河救出母親。

她在心裏盤算着。

這隧道似乎無限延伸，永遠走不到盡頭。她走啊走，一直不停地往前走，除了有時會出現小昆蟲從耳邊飛過的啪噠聲外，她甚麼也聽不見。

中間偶爾會有一兩次的彎路，但是沒有出現岔路。

她盡量保持平靜地走着，突然，卻毫無預警地踏入了水中。這水冰寒徹骨，令她猛地精神一振。她思索着這究竟只是路上的一池積水，是流過隧道的地底河流，還是地下湖泊的邊緣？她全身發起光來，雖然這並不是一個好主意，因為這可能會引來不知名敵人的注意。

千結盡量保持冷靜，然而，儘管再怎樣清楚要怎麼走，長時間被困在這種厚重的黑暗中，總會感覺到胸口似乎不停受到壓迫，呼吸都跟着變得困難，想要盡快到外面去的念頭也會越來越強烈。

她沿着隧道踏着清涼的水無聲無息地往前走去。這水一直不深，只是及膝，它從地下邊緣流出，似乎是地下水。水流頗急，可見河牀是傾斜的。

千結走了一段路，水不知不覺已經上升到腰際。她怕前面的水底會有漩渦，於是張開翅膀，在水面約一尺高之處，隨水流飛行。途中不時聽到輕聲耳語。她心想：這兒一定有水精靈聚居。但是，過了一段路，就甚麼聲音也沒有了。

她再飛行了一會兒，外面突然射進了兩三道斜斜的陽光——終於到了隧道口！她雀躍地往前加速飛行。

快速地飛了出去。

嘩啦嘩啦嘩啦……

竟然是一道萬丈瀑布！

水花濺起了輕霧，水聲震耳欲聾。瀑布下青綠片片，亂紅點點，還有一園紫竹，一間竹子搭出來的雅舍。

千結向下俯衝，降落到草地上。四周芳菲正茂，香味彌漫。

一定有人居住。千結走向竹舍。

「有人嗎？」千結敲門。

沒有人應門。

於是，千結推開竹門，步步為營地走進去。

在這種地方居住的，不是神，就是仙。如果不是神，不是仙，肯定是妖魔、精靈，也說不定藏起了來抓她的人。她現在是天庭的通緝犯，不小心點是不行的。

「妳找本神有事嗎？」聲音來自門外的草地上。

千結忙轉身走出去。

一個穿着綠袍的背影，佇立在草地上。她的長髮有着純銀的光彩，每一縷髮絲都像冬天沾了霜的蜘蛛網一樣閃閃發亮。

千結屏息凝視着那背影。驀地，她轉身過來。

那張臉孔既非男性也非女性，說不上是年輕，也不是年老，臉容帶着洞悉一切的力量。

她所穿的青綠長袍由漂亮的綠葉織成，腰間厚厚的皮帶則由接骨木的樹枝所做。鮮綠的嫩芽糾結在樹枝上，繞着她的腰際長出來，變成結實的環扣。

「妳是誰？」

「本神是誰？連本神也忘了自己是誰，但是凡人好像稱本神為西王母。」

千結在天上的地位雖然低，但是也聽過西王母的事情：「您就是法力高強的隱族天神，西王母殿下？」千結覺得西王母的聲音很耳熟，好像在哪兒聽過。她沉思半晌，想起了，「剛才我被天兵天將追殺時，聽到的就是殿下的聲音，是殿下救了我！」

「本神喜歡清淨，不想有血污染本神的草園。」

「謝殿下大恩大德，救了千結一命。」千結感激地說。

「原來妳叫千結，很特別的名字。不必言謝，本神只是不想有血污染本神的草園。」西王母掃視了千結一眼，「妳長得跟父親一模一樣。」

千結心想：她認識我的父親嗎？怎知道我長得跟父親一般模樣呢？千結正想開口說話時，西王母已經再開口回答她了：「本神和妳的父親曾有過數面之緣。來，本神帶妳去遊覽昆侖山的忘憂草園。」

「忘憂草園？」

「妳現在身在忘憂谷，前面就是忘憂草園，裏面長滿了忘憂草。身在其中，可以變得心無掛慮。來，跟本神來。」

西王母無聲地飄移，剎那間已經到了老遠，千結跑着追上去。

到了一扇拱門前，西王母停了下來，跟千結說：「我們將會進入忘憂草園。本神交了那兒給三隻青鳥和一隻小兔子看管。」跟着，她變出了一把傘，一把看似平平無奇的油紙傘，然後交給千結，囑咐道，「打開傘，撐起它。我們在這把無影傘下會隱身。請保持安靜，因為那兒很快會有一個訪客，但是本神沒打算迎接牠。」

下一瞬間，千結已經撐起傘和西王母一起走進忘憂草園。

裏面異常幽靜，仙草的香氣四溢。

千結和西王母在花草上飄移。

忽然，下面走進了一隻黑貓，一隻紅頭黑眼、全身藍綠色的大鳥和一個俊俏的少年。他們在傾談着的時候，又有一隻蝙蝠忽然飛了進來。少年喝罵那蝙蝠後，那蝙蝠就變成了女孩子，然後一名穿白衣的女孩跑了進來，把一個花籃拋向蝙蝠女孩。

這時，西王母不屑地手一揚，袖子裏就飛出了一股力量，這力量和白衣女孩拋出的花籃同時直衝蝙蝠精那兒。那蝙蝠精就倒了下去，更無意地拔出了一棵忘憂草。

然後，那少年說服了白衣少女放過那蝙蝠精，還送了那棵忘憂草給蝙蝠精，讓她離開，跟着又和黑貓、大鳥一起走進了一條隧道。

千結無言地看着這一幫人來了又去，她收起傘，說：「殿下早就知道他們會來的嗎？」

西王母一笑，說了另一番話：「忘憂谷看似無窮無盡，這裏有很多忘憂草，多如恆河的沙。剛才，本神頑皮的青鳥送走了一棵，牠以為本神不知道。牠實在太傻了。這兒的草，從前有多少棵，現在就應該有多少棵，將來也應該有多少棵，它們的數目從來沒有少過，也沒有多過。」

千結問：「現在少了一棵，怎麼辦？」

「誰帶走了一棵，就要送回一棵。這是本神的規則。」

「植物一旦離開泥土就會死亡，蝙蝠精怎麼可能送回一棵？」

「把盜草者最珍貴的喜樂心種入這片泥土裏，就能夠長出另一棵新的。」

千結聽了，似懂非懂，心想：反正不關自己的事，不如趁現在問問西王母可否給自己兩棵長生仙草。

「本神知道妳想要甚麼。」千結還沒說話，西王母已經先說了，「妳想向本神求取兩棵長生仙草。」

千結忙跪下去，哀求道：「殿下恩澤十方，功德無量，請垂賜憐憫。我母親在火河受盡火刑，痛不欲生。作為女兒，如果坐視不理，如此不孝，豈不是天理難容？求求殿下，請垂賜憐憫！」

西王母神色柔和，但目如冰霜：「千結，妳沒有聽懂本神的話。」

千結不解地抬頭看着西王母。

「本神說過，忘憂草的數目亙古不變。」

「可是，我求的是長生草。」

「長生草園，裏面的仙草數目也是亙古不變的。」

「不對啊，殿下欺騙我，我明明記得后羿求了兩顆仙丹。他又償還了甚麼？」千結站了起來，憤憤不平地反駁，覺得天神都是一樣，冷酷無情，愛惡無常。

「他償還了。他被謀殺，靈魂在長生草園長出了兩棵連根草。」

「他希望長生，卻為這付出了性命！」千結悲哀地抬頭看着西王母，見她冷淡地望着前方，彷彿驟然一變，變成了一頭目露兇光的老虎，要把盜取仙草者置於死地。千結恐懼地眨眼再一看，西王母又變回一位高貴的天神。

「本神手握長生草，也散播瘟疫；本神能給予生命，也能帶走生命。」西王母彎腰用右手拔出一棵忘憂草，輕輕一握，草消失了，卻變出了一隻蝴蝶，蝴蝶拍着翅膀，飛了一會兒，竟自己飛進泥土裏，泥土隨即又長出一棵忘憂草，「一個生命消逝了，另一個生命就會誕生，這是本神結界裏的規則。」

「一個生命消逝了，另一個生命就會誕生⋯⋯」千結沉吟着。

「本神可以用一棵長生草救妳的母親離開火河。」

千結聽了，即下跪不停地磕頭：「謝殿下慈悲！謝殿下慈悲⋯⋯」

「不必言謝。這是等價交換，妳可願意為母親付出生命中最珍貴的東西？」

「我願意。即使必須付出性命，也絕不遲疑。」千結堅定地說。

「好，請記住妳的諾言。」西王母纖手一揮，一棵長生草立即懸浮在她的左手上。那仙草莖葉全白，結了一顆水滴般的藍色果實。西王母的手一動，它就隨着她的手移動。

然後，西王母讓那仙草自動飄懸在半空中，對千結說：「妳的性命只可以換取一棵仙草，如果妳想母親永生，就要用另一條命來交換。」

「誰的命？」

「第一個從魔門闖進世界樹的邪魔，他的性命可以換取妳母親的永生。」

「從魔門闖進世界樹的邪魔？」

「有言在先，這個邪魔跟妳有非常特殊的關係。要殺掉他，是不容易的。」

「邪魔，本就該死。不管他是誰，他都該死，更何況他的死可以令母親得到永生。我一定會毫不留情地將他置於死地！」

「千結，不要輕易給予承諾。」西王母又再詭異一笑，「妳只是一個可憐的孩子，本神容許妳隨時改變主意，也不會怪罪。可是，妳的力量未必可以殺死他。」

「我一定會盡力去做。」

「很多事情，即使很盡力去做，也不一定會成功的。」西王母右手的衣袖一揮，她的前方就出現了一個大洞，洞下有很多武器，「千百年來，不知多少壯士來本神的昆侖山求取長生不死藥，可是他們幾乎都溺死在山下的溺水裏，他們帶來的絕世武器也寂寞地停留在水裏。本神帶它們到這個洞裏，讓它們吸收天地靈氣，助它們修成正果。」

西王母的右手忽然伸長伸長伸長，直至長到可以在洞裏取出一把劍，才縮回本來的長度。她握着那把寶劍，感受它的劍氣，一會兒後，說：「這把劍叫做龍泉劍，乃誠信高潔之劍。」她從劍鞘裏拔出劍來，劍刃立即射出一道陰冷的寒光。她滿意地將劍插回劍鞘裏，遞給千結，道：「本神送它給妳，願妳成功。」

千結雙手接過來，立即掛它在自己的腰帶上，扣上扣子，向西王母下跪說：「謝殿下恩賜。」

「不必言謝，本神說過，這是等價交換。千結，請記住本神的話，世事萬物都有代價的。」那棵仙草再次回到西王母的左手上，她交仙草給千結，然後輕輕轉身。一瞬間，已經在百里外，「妳現在可以去救母親了。本神送妳去冥界。」

千結小心翼翼地雙手棒着仙草，忙不迭地繼續道謝：「謝殿下慈悲！」

西王母回望了千結一眼，詭異一笑，青綠色長袍一揚，揚起一陣煙霧，腳步如飄地沒入這片煙霧裏。千結被困霧裏，一轉身，就站了在一個懸崖邊的青色岩石上。

千結看見一條沒有盡頭的石梯，她低頭，希望看看石梯下面有甚麼，可是下面紅雲繚繞，甚麼都看不見。

這石梯引領人們走向死亡的深壑，是一條不能回頭的絕路。

千結看着它，打量着它，怕會有幽靈或守門獸向她撲過來。

她望了好一會兒，懸崖下也寂靜無聲，沒有任何動靜。於是，她將長生仙草收藏入衣襟裏，沿着石梯往下走。她感到越往下越熱，陣陣煙味襲來，一陣比一陣濃，一陣比一陣嗆得人眼睛乾澀。

「哎喲！」千結的腿被某些東西的尖刺刺到了，不禁驚呼起來。她低頭一看，發現石梯上開始出現荊棘，它們糾纏在一起，向着黑暗深處生長、蔓延下去。

黑暗處有熊熊烈火，千結開始聽到幽靈的慘叫聲。她越往下走，聲音就越來越大。

四周紅光晃動，烈火無聲地燃燒着。

她往下走，往下走，往下走，感覺到、呼吸到空氣中的深沉陰鬱氣息。她不經意地向下一望，才發現這石梯原來懸在空中，着火的荊棘在半空漫舞、叢生，從這個高度開始，出現很多飄浮的小湖。它們的湖水是恐怖駭人的暗紅色，湖心的倒影讓人看到四周的衰敗。那陰鬱的火荊棘叢，纏着垂死的幽靈，它們空洞、渙散的目光如無底的深淵，看不到一絲希望。它們都是活着時罪惡滿貫的人，死後才要在此受不同年期的火刑。

一個又一個，它們全都伸出雙手拉扯千結的衣服，向她求救。她給那些痛苦扭曲、驚恐不安的臉孔嚇了一跳。畢竟千結是住在天上的半神人，已經聞慣了空氣中的輕柔香氣，看慣了美好圓滿的天神。

在撥開那些拉扯她衣服的手時，不遠處，有一張臉孔引起了千結的注意——是一個年輕女人。

她的臉容雖然蒼白又無血色，但頭髮比真絲更精細，眼睛大而清亮，鼻形細緻，嘴唇的弧度很完美，下巴精巧。

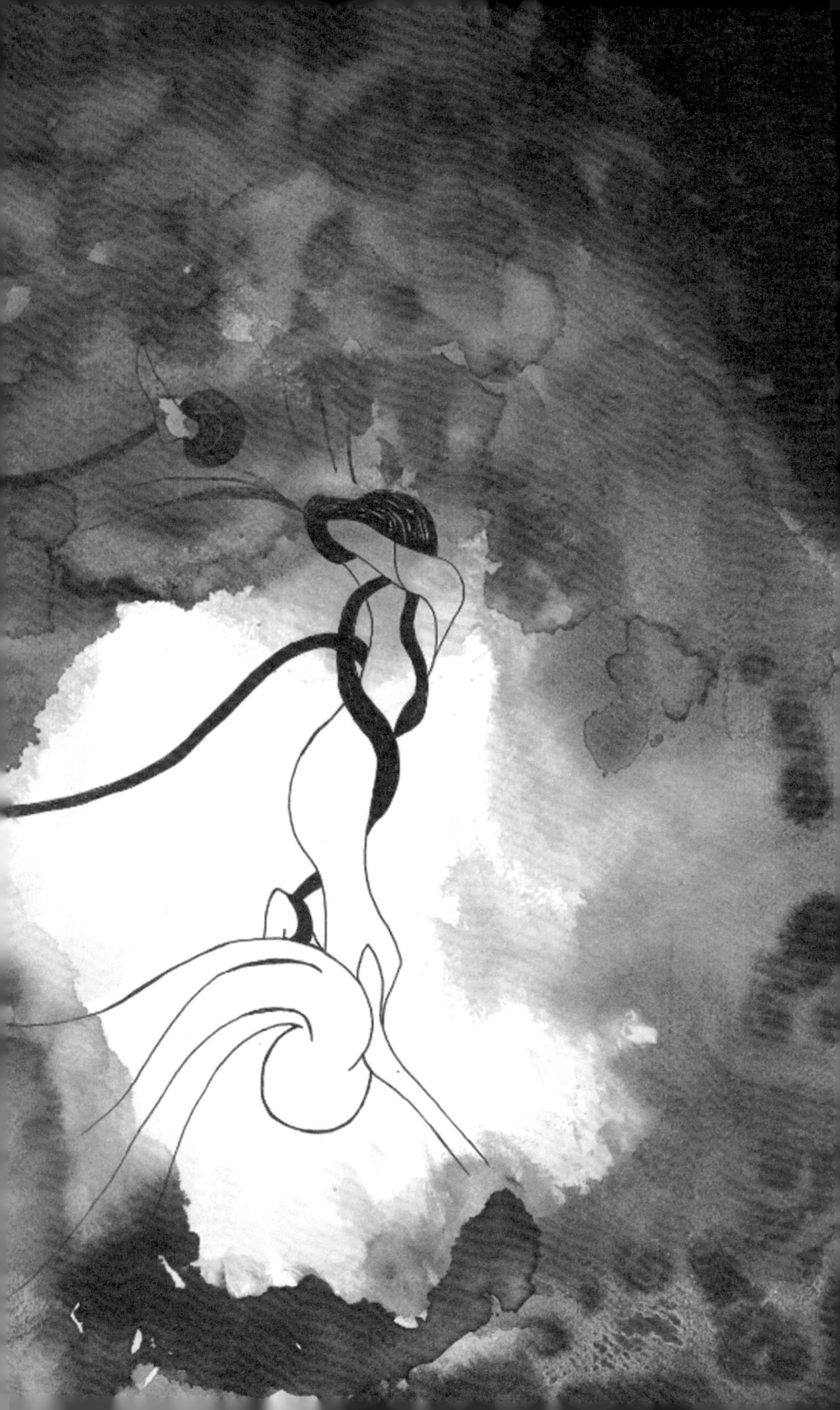

這麼美好的人，怎麼會在這種地方呢？而且，千結驚訝地發現，她是半神人！

千結走向她，拔出龍泉劍，想砍掉纏着她的荊棘。

突然間，千結渾身感到不對勁，心頭浮起了一種未知的恐怖感。

四周的火荊棘在聳動。

她停下來，立刻知道有東西正在她視線外呼吸、移動着。她憋住氣息，讓氣流的低喃和生靈的嘆息溜進周遭的雜音中。她聆聽着、等待着某種突如其來的聲響。她凝視、追蹤火荊棘的訊息，等待着那東西下一步的行動。

在她左方，突然有東西從火荊棘間一閃而過。

她轉身，聽見荊棘叢裏有摩擦拳頭的聲音，某種生物正從鼻孔裏噴出怒氣。憤怒的氣息從火荊棘叢裏傳來，牠的聲音如火焰在轟隆燃燒，又如城牆在大火蔓燒後，發出的爆裂、破碎聲。千結四下張望，卻甚麼也看不到。

那聲音停了半晌。

千結往後退了幾步，那聲音又從她身後傳來，而且越來越近。她機靈地轉身，還是甚麼也看不見。但是，她感覺到有一團東西的身體在火荊棘叢裏不停地移動，它一移動，就有聲音從荊棘叢裏傳出來，掃破死寂的氛圍。

雙手緊握龍泉劍，千結謹慎地轉身。不管是甚麼，那東西越來越近。

一瞬間，一團熊熊烈火從荊棘叢裏爆出來，發狂地飛撲向千結，它的身上突然伸出了利爪，在千結的手臂上鑿出深深的傷痕後，又消失了。

千結看不見它，只是感覺到它在移動，向自己靠近過來。四周突然火光爆現，那團熊熊烈火又再撲出，以一隻陰暗的手掐住千結的脖子，讓她無法呼吸。

這時候，有東西從千結的衣襟掉下來。

那怪火立即鬆了手，從地上拾起了那物件——是長生草！

那怪火消失了，悶熱的空氣裏飄浮着一把的聲音：「一棵長生草，可以換取一個受難的生靈。妳說，妳想換取誰的自由？」

千結忙問：「你是誰？」

「我是陰火，奉了冥王之命，負責守衛這兒。冥王有旨，一棵長生草，可以換取一個受罰的生靈。

這是千萬年前冥王向人王許下的諾言。」

「夏薇！我要換取母親的自由。」

「好。她已經在懸崖上等妳。」

千結欣喜若狂地從樓梯直奔上去。

《千秋歲》
會母

在懸崖頂的青色岩石上，站着一個人，一個對千結而言既遙遠又親密的人。夏薇迷惘地站在崖頂，似乎在思考自己為甚麼會站在這個地方。

四周的空氣潮濕而充滿生機，接骨木的葉子在微風中輕輕擺動。她伸手摸了摸身邊那棵接骨木的嫩葉，用力地吸了一口空氣。

這久違了的清新空氣，這接近人間的氣息，竟讓她不知所措。

被囚火河這麼多年，烈火燒走了她的思想、感情和過去。

她是誰，甚至連她自己都已經忘記了。

她怎能忘記呢？她竟能忘記。

人生中還有甚麼事比忘記一切更困難？但是，她必須學習去忘記。

忘記，就不會感到那麼悲悽鬱悶，才不會精神崩潰。

但是，此刻回憶如浪潮，一波一波地湧過來，她看見了家鄉那條荒山裏的村莊。石牆圍成的圓圈，包圍了那條村。圓圈外，野草和雜枝隨意蔓生，覆蓋了空曠的山丘。圓圈內，有一幢幢小屋，那兒住着獵人、農夫和其他貧困的人。小時候，她居住的房舍很簡陋：屋頂由茅草蓋成，薄薄的牆壁由粗糙的石塊夾雜了木頭而成。

她的母親是一個巧手的裁縫，父親是一個獵人。婚後雖然貧窮，但他們真心相愛，一家生活幸福。可惜，脆弱的母親在夏薇十二歲時就病死了。那年，妹妹才九歲。父親承受不起這個打擊，日漸沉淪酒鄉。夏薇只好肩負一家的生計，開始替村裏的人做衣服。因為她遺傳了母親的巧手，所以生意很好，一家的生活也得以改善。因此，才十八歲的她，已經帶着家人遷進了村中心的房屋。村中心的房子堅實得多，有磚砌的牆和瓦片做的屋頂，住滿了麵包師、裁縫、木匠和其他可以肩並肩一起工作的人。

生活安定下來，一家人快樂地過活。直至某天，父親帶着村長來到他們的家。

那天，他們進門後，父親蹣跚地走向壁爐，看着已經疊好放在裏面的木柴。半晌，他在壁爐架上，用手指捏緊一根火柴，劃亮，點火，扔到壁爐裏的木柴去。

然後，父親背着她發出一聲沉重的嘆息，他佝僂的身子，似乎訴說着歲月的滄桑。一會兒後，他轉身看着夏薇，那眼珠子深陷在無數皺紋中。

屋裏的空氣很凝重，整個空間好像不斷在縮小。

「村裏最近爆發了瘟疫。」父親終於開口說話了。

「我知道。大家都在想辦法救助患病的人。」氣氛令人窒息，她聽不懂父親話裏的含意。

「今天，村長和長老們開了會……」他的聲音哽咽起來，「妳……妳被選中了……做瘟神的祭品！」父親哭了，激動地哭了，那是她第二次看見父親哭。在母親下葬的那一天，他哭成淚人。那天以後，他就不再是那個站得直挺、用烏黑而銳利雙眼注視着世界的那個父親了。他像是一具空殼，總是鬱鬱寡歡，不太說話。

「父親！」夏薇記起了，更多更多的回憶。那些年、那些歲月裏的悲喜，沖擊着她的腦袋。

她，就這樣站着，雙腿竟在顫抖。

千結大喊：「母親！」她飛跑向夏薇，用力地擁抱着她，像個愛哭的孩子，眼淚不聽話地爬了一臉，她嗚咽地喊，「母親……母親……」

心裏有千言萬語，卻只化做了「母親」這兩個字。

千結的哭喊聲，令夏薇一點一滴地記起從前和女兒的時光。她顫抖的手輕輕地擁抱女兒，輕撫她如玫瑰紅豔的頭髮。

這把紅髮，紅得像火，紅得像心臟，紅得像她心裏的欲望——跟夫郎、女兒重聚的欲望。這欲望給了她鬥志，給了她力量，支撐她度過了日復日、年復年絕望的歲月。

「千結……」

兩人相擁而哭，良久不願放開。

夏薇畢竟是母親，她的腦筋先清醒起來，說：「千結，妳怎麼會來這兒？」

「母親，我願意以性命跟西王母交換一棵長生草，來換取您的自由。」

夏薇聽了，情緒激動地說：「千結，妳何苦這樣？妳何苦為了我墮落地獄？我真是罪孽深重，不但害了妳父親，更害了妳。」

「我沒有父親！從小，我就只有您！母親，我不救您，還有誰來救您呢？」千結悲咽起來。

「千結，我感謝妳犧牲自己來救我出火河。可是，妳應該知道，母親最希望看到的，並不是現在這個景況。我希望看見妳和父親在天上過着幸福的生活。只要你們能幸福，我願意付出更沉重的代價。」夏薇推開了女兒，轉身說，「女兒，回去，回去！妳已經長大，不要留戀母親的懷抱。」

千結拖着母親的手，悲傷地說：「母親，不要拋棄我！我只有您一個親人。」

「不是的，妳還有父親，他英偉不凡，是個能照耀我們生命的天神。」夏薇的淚眼中宛如看見了一線曙光，「他對我很好，他一定會照顧妳的。」

「母親，誰是我的父親？月老爺爺不肯告訴我，就算是您，也從不肯多說一句。我根本不認識他！」

夏薇轉身跟千結說：「這是因為我連累妳父親犯下了天條。我本來想等妳長大成人才告訴妳，讓妳跟父親重聚。沒想在妳十六歲那年我們卻遭遇巨變，我們分開得太突然，所以才沒有機會告訴妳。」那天，夏薇在半昏迷期間，看見赤陽給一隊穿着金色盔甲的士兵帶走了。她一直認為是自己連累了丈夫，導致他給天帝捉拿了回去天庭。

「可是，這麼多年了，父親從來沒有來找過我，他的眼中根本沒有我們。」

夏薇看着千結，眼眸裏充滿了愛。千結長得跟父親實在太像了：一樣的紅髮，一樣的眼神。她輕撫着千結如雪般的臉頰，說：「千結，妳聽我說，不是妳的父親想離開我們的，他也是迫於無奈。讓母親告訴妳一個故事：很久很久以前，母親居住的崇德村突然發生了瘟疫，村民都很害怕，村長說因為有人褻瀆了瘟神，才會招惹這場瘟疫，所以要舉行祭神儀式，更要獻祭一個少女，才可以平息瘟神的怒火。後來，村民把我縛在木柱上，舉行祭神儀式。當我以為自己必死無疑時，火神突然現身，以火焰淨化那條村莊，又救我到一個遙遠的地方。妳的父親就是我的救命恩人，他從瘟神手中救了我。後來，一定是瘟神向天帝告狀，天帝就捉了他回天庭。我生下了妳，本以為我們可以過着平靜的生活。想不到，妳十六歲那年，天神就帶走了妳，還把我送到火河去受苦。千結，千萬不要怨恨妳父親。」

「母親，不要再說了。過去的就讓它過去。我們必須重新開始。」

夏薇仍來不及思考如何回應，天上突然迴響着一把聲音。

西王母說：「千結，邪魔快闖進世界樹了。速帶妳的母親趕去時間鐘那兒。拖着她的手，待本神送妳一程。」

「謝殿下幫忙。」千結忙拖着母親的手。

下一瞬間，她們已經到了一個森林。森林裏一片寂靜，暗綠色彌漫天上，一股怪異的腐爛味籠罩着這兒。她們的右邊有一棵大樹。

「快進去。」西王母說完，就有一股怪風把夏薇和千結吹進了樹幹。樹幹裏有一道長長的迴旋樓梯。

她們沿着梯級走上去，就看見了一扇門。它半啟着。

千結示意母親跟在身後，自己就小心翼翼地走到門後，從門縫窺探裏面的動靜。

房間裏，除了沉睡的時間鐘，早已經有了兩個在等待魔門開啟的人。

千結驚訝地看着其中一個人，是一個女孩，但其實她不是人，她就是那隻被西王母擊倒的蝙蝠精。千結記得她叫做翩翩，她正和一個又高又瘦，身披一件烏黑斗篷的男人在一起。那人臉色蒼白如病人，冷冷的眼珠露出幽綠的光。

翩翩雙眉微蹙，嬌聲地說：「殷哥哥，翩翩真沒用，沒能取回長生草。」

殷鑑溫柔地說：「翩翩妹，不要說這樣的話，妳冒死去到西王母的花園為我盜取長生草，我已經感恩不盡。妳為了實現我的願望，背叛了西王母，墮入魔道，更令我無以為報。」

翩翩深情地看着殷鑑說：「殷哥哥，不要說這樣的話。能遇上妳，是我今生最大的幸福……」

翩翩本是西王母的神獸。有一次，奉命去月之國送極樂茶給常羲女神，回程時，在幽靈森林迷了路，誤闖半神人的聚居地，知道了他們要謀反的事情。結果，被殷鑑捉住了。

在被囚期間，由殷鑑監管。

翩翩在牢獄裏，每天晚上，都看見殷鑑憂鬱地看着天上的星星。有一天，她忍不住問：「天上的星星真的這麼好看嗎？」

殷鑑笑一笑，說：「星星本來並沒有甚麼好看。但是，看着它們，每個人都會看見別人看不見的東西。」

「看見別人看不見的東西？」翩翩不解地問。

殷鑑指着天上一顆明亮的星，說：「妳看着那顆星，」翩翩水靈靈的眼睛眨也不眨一下地看着，一會兒後，殷鑑又說，「妳看見了甚麼？」

翩翩迷惑又認真地答：「我看見了一顆明亮的星星。」

殷鑑忍不住哈哈大笑起來。

翩翩嬌嗔地說：「你戲弄人！」

殷鑑忍住了笑，說：「我沒有戲弄妳。現在，妳看着我。」

翩翩瞪着殷鑑，桃腮帶怒地說：「我現在看着你了，你有甚麼好看呢？」

殷鑑看着她可愛的模樣兒，又忍不住再哈哈大笑起來。他，瀟灑俊朗，眼睛大而清亮，鼻形細緻，嘴脣的弧度很完美，下巴精巧，笑得很迷人。翩翩看得呆了。

翩翩自幼在西王母的百草園長大，一向少見外人。這次，還是她第一次離開百草園，到一個這麼遠的地方來。雖然，殷鑑捉了她，但是她並不覺得他是壞人。

殷鑑終於笑夠了，續說：「妳現在再看看那顆星。」

翩翩沒好氣地再抬頭看星。

殷鑑說：「以後，當妳再看見這顆星時，妳就會從它那兒看見我的笑臉，看見今天晚上的回憶。」

從此會看見他的笑臉，看見今晚的回憶。翩翩的心被某種說不清楚的情愫觸動了，「怦怦怦」地跳了起來。

殷鑑說：「我和母親曾經一起看過這些星星。看着這些星星，我宛如看見母親和一些往事。」

「你的母親，是個怎樣的人？」

「她溫柔如水，性情如綿。」他的眼神流溢着美好的回憶。

翩翩問：「她現在身在哪兒？」

「她在火河受着苦。她是半神人，因為犯了錯，所以被送去火河受罰。失憶泉的奈何女神說如果我助她謀反成功，就助我救出母親。」

「所以，你參與這次的行動，是為了要救出母親！」

「是的。」

「可是，可以成功嗎？」

「不知道。但是，這是最好的時機，因為常羲女神離開了月之國，要三天後才回來。攻佔月之國後，我們就有了基地，可以攻打天庭。」

說罷，他又再鬱鬱地望着天上的明星。

半晌，殷鑑忽然回望翩翩，好像記起了一些很重要的事情似的，認真地跟她說：「妳放心，在出戰前，我會偷偷地放了妳。妳不要在這兒流連，快回家去。」他清澈的眸子看着翩翩，良久不移開視線，看得翩翩面紅耳赤，不好意思地低下頭來。然後，他溫柔地叮囑翩翩：「記住啊，不要在這兒流連，要安全地回家。」

此刻，翩翩的心「撲通撲通」地跳過不停，她已經深深地被他吸引住了。殷鑑溫柔的眼神和今夜的叮囑，永遠留在這晚的星星裏，帶給翩翩千萬夜的甜夢。

殷鑑信守諾言，在出發打仗前偷偷地放走翩翩。

後來，翩翩從西王母口中得知殷鑑謀反失敗，這群半神人，不是投靠了魔王，就是被常羲女神封印在月之國北方的冰墓裏。

經過多番打聽，翩翩知道殷鑑被封印在冰墓裏。

翩翩一有機會，就會偷偷地去探望他。對着冰墓裏的殷鑑說話，漸漸變成了她的習慣。有一天，殷鑑竟然回應了她的話！

殷鑑和其他半神人的靈魂漸漸可以離開肉體，自由飄移，也投靠了魔王。翩翩因為殷鑑而變成了他們的成員。

有一天，殷鑑他們要執行一個任務，助魔王入侵聖域和人間：找出所有魔界出入口，盡力助魔王開門。而世界樹有出入各界的出入口，如果能夠攻佔世界樹，就成功在望了。

為了幫助情郎，翩翩苦等機會。

去年，機會終於來了。世界樹來了一個不速之客，這個人因為來不及回去人間，而一直以白鴿之身生活在世界樹的結界裏。

翩翩帶白鴿去冰墓那兒，讓殷鑑的靈魂依附在白鴿身上，然後帶他到世界樹來。這樣既不會被精靈和天神發現，也可以執行任務。她從此離開百草園，跟殷鑑廝守。

可是，白鴿畢竟不是長生之軀。

這令殷鑑不能發揮出自己十足的法力，萬一受了傷，也要時間來復元。白鴿一旦死去，殷鑑的靈魂也會變得無所依託。

翩翩知道這天是長生草收成之日，所以她決定為情郎去盜取仙草。

誰知，失敗了，她更受了傷。

殷鑑知道翩翩的苦心，既感激，又愧疚。

他們聊着聊着，殷鑑突然中止了翩翩的話，對着門大喝：「來者何人？不要躲躲藏藏，出來吧！」

這突如其來的話令千結感到愕然，她示意母親先躲起來，自己就大步走了出去。

她右手握着劍柄，站在近門口處，看着殷鑑。殷鑑也站着看着她。他們像兩頭準備決鬥的動物，站着看對手的動靜。

「妳是誰？來意為何？」殷鑑大喝，翩翩站到他身後打量着千結。

「我奉西王母殿下之命來到此處誅滅邪魔。你最好讓路！」千結理直氣壯地說。

「西王母？她怎會插手這件事？」殷鑑大驚。

「你別問，快帶着你的女人離開這兒！」千結無意向誰解釋甚麼，她只想快點兒殺了邪魔，換取一棵長生草。

「妳太無禮了，讓我先教訓妳！」一直被忽視的翩翩終於忍不住要發聲。她的指甲已經變得很長，嘴巴發出高頻率音調，令千結頭痛欲裂。

千結心想：再這樣下去，就會處於下風。不如這時亂劍砍過去，還有點兒勝算。於是寶劍出鞘，她右手揮劍，身子一躍，向前直撲翩翩。三人隨即來一場廝殺。

這時，門扉後，西王母靜靜地駕臨了。她如一片薄紗般輕，香氣難以捉摸，雖然近在夏薇眼前，卻摸不着，碰不到。

「妳是誰？」夏薇驚嚇地後退。

「夏薇，如果妳當日在崇德村的獻祭儀式上慷慨就義，焚身以火，就不會有今天這個下場。」西王母凝視着夏薇。

夏薇顫抖的聲音再問：「妳究竟是誰？」

「本神給予生命，也播送瘟疫。當年，崇德村有一個男人在醉酒後，走進了本神的廟宇，撕破了本神的畫像。這種侮蔑的行為必須得到懲罰！所以，本神播種瘟疫。既懲罰他，也警惕其他人。」

夏薇雖然很害怕，可是也很悲憤：「妳竟然為了一個醉酒後行為不當的人，就幾乎殺了整條村的村民！」

「哼，天地不仁，以萬物為芻狗。日月更替，生死不息，連天神也有被宇宙之輪無情地輾碎的一天。人類的生死算是甚麼？」

「妳沒有一點兒仁慈心，枉為天神，不配被我們祭祀！」

「哈哈哈，你們祭祀本神，是出於恐懼，對死亡的恐懼。」

「我不怕死，所以以後都不會對妳有任何崇敬之心！」

「我知道妳不怕死。當年，是本神選擇了妳來做祭品的。本神報夢給村長，說明要妳做祭品，才能平息瘟疫，因為那個侮蔑本神的人，就是妳的父親。」

「甚麼？是我的父親侮蔑了妳？」

西王母無意回答夏薇的問題，只是繼續說自己要說的話：「本神選擇了妳，也是因為妳有一顆仁者的心，很適合做本神的侍女。」

「我不懂得妳說的話是甚麼意思。」

「本神無意殺妳，本想在火裏救妳出來，帶妳回去長生草園，讓妳做本神的侍女。可是，赤陽看上了妳的色相，比本神早一步到達，帶走了妳。」

「我一直感激他的救命之恩，感謝他給我帶來幸福和千結。」

「他扼殺了妳成仙的機會，害妳受永火的折磨，害千結孤苦伶仃。」

「不是的，是妳憎恨他，中傷他！」

「本神說的都是真話。他現在更墮入魔道，要帶領魔王的大軍進攻世界樹。」

「我不相信妳的話！他是耀眼的天神，他是正人君子。他不會墜落魔道！」

「事實就是事實，根本不必爭辯。」

沉默。

西王母再次開口說話：「千結為了妳，願意以性命換取一棵長生草。一會兒後，她也會殺死父親，以換取另一棵長生草。」

「不會的……不會的……」夏薇不停地搖頭。

「她為了讓妳長生，不惜付出任何代價。當然，她並不知道，自己要殺的人就是她的父親。」

西王母不禁滿意地冷笑。

夏薇全身因恐懼而發抖：「妳好卑鄙……妳好卑鄙！」

「你們夫妻欠了本神的債，既然你們不還，只好由女兒來還了。」

說到女兒，夏薇的傲氣、怒氣全都沒有了，只剩下謙卑：「不要這樣，我求求您！求求您不要傷害我的女兒。」她甚至卑微到跪了下去。

西王母高高在上，對這情景感到很滿意。她彎下身，捧起夏薇的臉，看着她澄澈的雙眸，半晌後說：「本神真的很喜歡妳，可惜妳的心已經有了另一個主人。」她放開了夏薇，優雅地站直了身子，「千結遺傳了妳那顆仁者的心，她可以代替妳成為本神的侍女。可惜，她為了救妳，已經犯了天條，陛下必追殺她至天涯海角。」

夏薇大驚，不停地磕頭：「求您救救千結，千結是無辜的，千錯萬錯都是我的錯，求您救救千結！」

「債，必須有人償還。」

夏薇忙說：「我願意償還，只要千結和夫郎平安，我願意付出所有，償還當年欠您的債。」

「妳想清楚了嗎？這是承諾，不能胡說。」

「我願意為女兒和夫郎付出所有，絕不後悔。」

「好，本神要妳去完成未完成的儀式。」

「未完成的儀式？」

「完成當年的火祭儀式。」

「火祭……」

西王母右手變出了一個琉璃瓶，瓶口有個木塞，內有一團火：「這個給妳。」

夏薇接了過來。

西王母說：「裏面有環繞昆侖山的火。這火可以淨化妳的身心。」然後，她的聲音變得柔和，「妳臨別前應該想跟女兒多相聚一會兒，也希望跟赤陽再見一面。所以，本神給妳一點時間。但是，如果妳想拯救女兒，就必須在見面後放出那團火，完成儀式。」

夏薇聽了，悲傷地看着西王母。可是從西王母的臉上，她看不出丁點兒憐憫。

「請記住，妳和赤陽，只有一個可以留下性命。」

然後，西王母轉身，飄然進入了房間。

房間裏，千結正和殷鑑、翩翩廝殺着。千結的劍上沾了血漬，殷鑑的手臂正在流血，翩翩的長尖指甲也抓傷了千結的脖子。

翩翩一看見西王母，嚇得停了手，呆了：「主人……」

「孽畜！還記得有主人嗎？」

翩翩害怕得跪了下去。殷鑑停了打鬥，在翩翩身旁護着她。千結則走到西王母身後，夏薇也進來了，站到千結身後。

西王母厭惡地看着翩翩，又看了看殷鑑，然後說：「孽畜，為了這個冰墓裏的活死人，妳竟然背叛主人，還敢來盜仙草！」這句話如君王的命令，言外之意是：判了翩翩死刑。

殷鑑挺身而出說：「翩翩為了我而犯錯，罪不在她。如果要受罰，我一力承擔。」

「哈哈哈，有情人啊！本神今天總是遇見有情人。難得，難得。」西王母收起笑容，「本神可以讓她跟你長相廝守，反正她動了凡心，淪入魔道，已經沒有資格再留在本神的百草園。可是，盜仙草者必須償還仙草。她盜取了一棵仙草，所以必須歸還一棵。」

殷鑑說：「她沒有盜長生草，她盜不到長生草！」

「本神說的不是長生草，如果是長生草，她就要付出更大的代價。她取走了一棵忘憂草。」

翩翩忙拿起桌上的忘憂草，跪着、低頭雙手奉上給西王母：「主人，這是忘憂草，翩翩歸還給主人。」

「植物離開了泥土，就會枯死。妳把它歸還給本神，也是沒有意義的。本神要的，是一棵活的忘憂草。」

「這……」翩翩捧着忘憂草，哀愁、驚恐，不知道如何是好。

西王母右手的衣袖一揮，袖子輕輕地掃過翩翩的頭頂，她的頭頂隨即走出了一道黃光。那光，如一個快樂地舞動的小娃娃，一瞬間就舞到了西王母的左手手掌上。翩翩顫抖搖晃了幾下，接着，她發出了一聲低沉哀吟，便重重地倒了在殷鑑的臂彎裏。

「翩翩妹……」殷鑑抱住她，搖晃着她。

「她沒死，本神只是取走了她心裏的喜樂。這喜樂，將會在百草園裏長出一棵忘憂草的新苗。」

「妳取走了翩翩妹心裏的喜樂，那麼她就永遠不能再有快樂和幸福！這個懲罰太殘忍了！」

「閉嘴！你憑甚麼跟本神討價還價。給本神滾回你的冰墓裏去！這隻孽畜，就送給你。」西王母說罷，衣袖一揮，揚起一陣迷霧，殷鑑和翩翩就消失在迷霧裏，地上，只躺着一隻小白鴿。

「這就是殷鑑的真身？」千結問。

「不是，這是另一個人的化身。」

這時，魔門變了顏色，變成白色晶體，半透明，裏面正準備走出一個人。

「來了嗎？來得正好。」西王母舉起雙手，綠色的衣服變了黑色，美麗的臉變得像一頭兇猛的老虎。她口唸咒語，釋放出強大的力量，晶體裏面的世界頓時發生變化，變成了一個玫瑰園，「千結，本神在魔界和世界樹之間創造了一個結界，結界裏封鎖了第一個要闖進這兒的邪魔，妳和母親快跑進結界裏去殺死邪魔！」

夏薇聽了，百感交集。

「知道！」千結拖着母親，一起跑進結界裏去。

結界裏，是一個玫瑰園，是夏薇當年的玫瑰園。茂盛的花叢長滿了精緻飽滿的綠葉子，花枝上長着細細的淺紅色小刺，綠萼捧着朵朵豔麗的花朵。

夏薇的長髮在微風中飄動，真絲白緞般光潤潔淨的皮膚透出宛如玫瑰的暈色，紅綾為色的嘴唇似乎要說出千言萬語，卻不自禁地沉進了空氣中那抹游絲般的玫瑰香。她放開了女兒的手，赤腳走在鬆軟的泥土上。

千結看着母親的背影，一股可怕的恐懼襲上心間。她感到母親有事情隱瞞自己，一如既往，母親把秘密收藏在玫瑰花叢裏。千結，總是被隔開了出去。母親究竟在想甚麼呢？母親是否又想拋下自己呢？

夏薇優雅地走入玫瑰花叢裏，長裙的裙襬是蝶翅，它輕輕地撲動，似乎在準備一段孤單的旅程。這是蝶兒出發前的告別。儘管蝶戀花，到了不能不走時，也是要走的。

這時，有另一個人走進了花叢。他火紅的頭髮如燃燒的火，迷人的冰綠色眼眸機警地打量着這個花園。他就是炎魔，受命帶領魔軍攻進世界樹。

剛才，魔門變成了半透明，他就衝了進去。然後，一陣迷霧衝向他，轉眼間，他已經進入了這兒。他看見這個玫瑰園，心裏有一股說不出的感覺。然後，前方就來了兩個女人。為了看清楚這兩個人是誰，他就朝那兩個女人走去。

夏薇突然停了下來，因為她看見了他。他朝她走過來。

是他，就是他！美麗飄逸如紅玫瑰的頭髮，清秀精緻的臉孔——這個教自己傾倒的天神，即使過了千生萬世，他仍然是她世界裏的太陽。他照耀着她的人生，在最苦最絕望的日子裏，他是她唯一握着不放的希望。

只求重逢，只求能再見一面，一切的苦，她都甘之如飴。

夏薇眸子裏閃出說不盡的柔情。

炎魔愣住了：「薇兒……妳怎會在這兒？」

「夫郎！」夏薇朝炎魔直奔過去。

可是，看見炎魔的千結，已經拔出西王母給她的龍泉劍，大步向炎魔直衝過去。她很快就越過母親，向炎魔大喝：「你這個叛逆天庭的邪魔外道，受死吧！」

夏薇聽了，大為震驚，追着女兒身後大喊：「千結，妳不能這樣說，他是妳的父親！」

「我沒有父親！」千結舉劍直指炎魔，他們現在只相距了兩三個身位。

「他是妳的父親！他是妳的父親！妳不可以殺他！不可以殺他！」夏薇在千結身後力竭聲嘶地喊叫。

「甚麼？薇兒，妳說甚麼？」炎魔心頭一震。跟三公主日鯱做了交易後，他被迫和夏薇分開，降格為精靈，從此要在月之國服侍常羲女神。所以，他還沒有見過親生女兒一面。

他和夏薇的姻緣開始於天上，圓滿於人間。

他認識夏薇的時候，還是火族的大將軍，名叫赤陽，是火族之王貼身精銳部隊的將領之一。夏薇是西王母的侍女，她常為西王母送極樂茶給火族之王。赤陽負責招待她、保護她，他們因此有很多相處時光。

夏薇的溫柔、美好，如暖酒，教他醉倒。

可是，跟隨西王母修行的侍女，必須終身冰清玉潔，絕不可以結婚或有失德的行為。西王母嚴格管教自己侍從的風格，在聖域是出了名的。

赤陽對夏薇心生愛念的事情，給西王母知道了。即使火王求情，並有撮合兩人情緣之心，西王母仍然勃然大怒，認為夏薇行為不檢，勾引天神，所以必須受罰。她貶夏薇為凡人，要她受盡世人之苦。

赤陽不忍夏薇受苦，所以一有時間，就下凡去尋找她，希望找到她，暗中守護她，讓她活得好一點兒。

那一天，他又偷偷下凡去尋找被貶謫的夏薇。他來到一條小村莊，途經一棵老槐樹，坐在樹枝上休息。

不遠處，一群頑童追逐着一個小女孩，嘲笑她是沒有娘的野孩子，嘲笑她的父親是酒鬼，拉扯她的頭髮，用泥巴弄污她的白裙子。那個女孩子嚇得跌在地上，嗚嗚地哭了起來。

這時，一個瘦長的少女從破房子衝出來，她毫不畏縮地拾起石頭，朝頑童們直扔過去，打得他們落荒而逃。

她倔強的眼神瞪着他們，大喝：「誰敢再欺負我妹妹，看我會不會打破你的頭！」

這就是夏薇，為了至親至愛的人，她就會勇往直前。

赤陽低頭看着這個長髮如山泉披在瘦削雙肩上的少女。

找到了，就是她！

破舊的衣服遮蓋不去她耀眼的神采，凡人的軀殼隱不去她的太初正氣。

從這天開始，赤陽暗地守護着她，視她如同珍寶。直至她被選去祭神，他們才在火中重見。然後，是他們生命中最幸福的三年，他們過了三年只羡鴛鴦不羡仙的美滿生活。

夏薇難產那天，他們的夢也被打碎了。但是，三公主是個仁厚的人，她保證會保護夏薇，故此，他甘心情願降格為火精靈。

可是三公主食言了。

在月之國半神人起兵作反時，赤陽隨常羲女神的軍隊迎戰。他本無異心。在與殷鑑交戰時，殷鑑竟告訴他：夏薇已經被囚火河，他的女兒被捉了上天，並勸告他投靠魔王，以求救出妻子的方法。

後來，半神人戰敗，他趁機隨他們進入了幽靈森林，投靠魔界，成為了魔王的大將。從此，聖域的人貶他為炎魔。進入魔道後，他曾前往火河，可是他進不去，想盡了方法也進不去，因為那兒有重重關卡，冥王的法力來自女媧娘娘，深不可測。

這時，千結的劍已朝炎魔狠狠地刺過去。

千結心想：只要他死掉，只要他死掉……西王母殿下答應過，只要他死掉，就給我另一棵長生草。有了這棵長生草，母親就可以永生！

只要殺死這個魔頭，千結更可以立下大功，令天庭特赦她的所有罪行。

只要炎魔死掉，千結和母親就可以平安地度過往後的千秋歲月。

炎魔敏捷地避開，千結的劍刺了一個空。

「你去死吧！為了我和母親。」千結收回劍，再次刺出。

「妳說甚麼？我不懂。」炎魔再次閃避，輕巧一轉，手掌已夾住了千結的劍。

千結使勁地想從炎魔手中拔出劍，可是劍像黏死在他手中般，動也不動，她氣憤地說：「我要殺了你，我要殺了你！」

炎魔低頭，凝望着千結那雙跟自己一模一樣的眼睛，那頭火焰般的頭髮。她是他的女兒，沒錯！樣子和性格都一樣，她流着自己的血。炎魔竟有點兒想伸手摸一摸她的頭髮，追回那些失落在時光裏的父女情。

千結見炎魔突然失神，她把握這個時機，從他雙手間拔出寶劍，向後彈開，左手朝炎魔發射火球。

夏薇卻突然跑出來，阻擋在他們之間，火球轉而直射夏薇的心臟，千結驚叫：「母親，快避開！」

炎魔忙揮手撥開火球。

夏薇已經決定要用盡一切方法平息這場鬥爭，她怎忍心看見兩個至愛的人骨肉相殘？不可以啊！怎可以再加重自己的罪孽呢？

千結的劍指向炎魔：「母親，妳快讓開。這個魔頭必須死掉。西王母殿下說過，只要我殺掉第一個從魔門走出來的邪魔，她就會給母親另一棵長生草，讓妳可以永生。我也不知道第一個走出來的人會是他！總之，邪魔都該死。即使他是我的父親，我也會大義滅親。」

「哼，西王母真卑鄙！」炎魔氣憤地說，「那個瘟神，為何抓住我們一家不肯放手？千結，妳千萬不要給她瞞騙，她在利用妳，她一定在進行甚麼陰謀！」

「誰信你！她救我助我，你呢？你拋棄我們，墮入魔道。」

「我也是迫不得已，薇兒難產，我為了救她，不惜放棄神格，降為火精靈。我投靠魔域，只因大王答應，魔軍成功之日，就賜我和妳們團聚。」

夏薇想不到丈夫竟然為自己犧牲了那麼多，受了那麼多委屈！想到丈夫所受的苦，她不禁心如刀割。

夏薇堅定地站在丈夫和女兒之間，哀求女兒說：「千結，相信妳父親的話，他是很愛我們的。不要骨肉相殘！」

千結的心如旋風打轉，一時間不知道如何是好。站在這個十字路口，她應該如何抉擇？她手上的劍，這刻，提不起，也放不下。

真是窩囊啊！千結痛恨自己的猶豫不決。

就在此時，夏薇跑開了，她自己跑開了。離開女兒、丈夫一段距離才停下來。

千結和炎魔都不解地看着她。

夏薇看一看天空，已接近黃昏，濃豔的晚霞是塗了滿天的油彩，一切景物跟她被天兵天將抓走那天一樣。但是，那天她根本沒有選擇權。她無助、孤單，變成隨水漂流的花。今天不一樣，這是她的選擇。想到丈夫和女兒為自己所做的犧牲，她的心意更加堅決了。

她甜美地面向丈夫、女兒，說：「今生能夠遇見你們，得到你們的愛，是我千世修來的福分。」這次該由她為他們付出了。

「薇兒，妳要做甚麼？」炎魔向妻子奔跑過去，千結亦朝母親衝過去。

夏薇在他們到達前已經拔掉塞子，放出琉璃瓶裏的那團火。

火，隨即燃燒起來，烈焰燒上了嬌弱的花枝，夕陽血紅的光看着迅速被吞噬的殘紅，花朵迸發出破冰似的吶喊。

噢，這是吶喊？是哀號？是嘆息？還是一闋離歌？

夏薇灑下滾燙的淚水，獨自走進這烈焰的灼熱和豔香的馥郁裏去，變成永伴花魂的火蝴蝶。

「母親！」千結發出絕望的悲鳴，追隨母親跑進熊熊烈火裏。

這是她的選擇，與其活在沒有愛的世界裏，不如與母親同生共死。

殉葬的玫瑰，滿園的沉香，發出奇異的香氣。這香氣飄至長生草園，鑽入泥土，長出了兩株長生仙草。

玫瑰園的四周濃煙上湧，天空烏煙密佈。奇怪的是，儘管這片煙濃得化不開，炎魔仍可以清楚看見裏面一朵朵煙雲。它們正迅猛地往四面八方飛撞、奔竄，然而所有煙雲竟都只是在這團大霧裏活動，沒有任何一縷煙逃脫，飄去遠處。

這詭譎不明的火，幽幽散發着紅光。

炎魔站在火焰前，用盡全部法力，想從火海中救出妻女。可是，那不是普通的火，那火的法力極大，炎魔的力量只是九牛一毛。

他臉容死白，正努力地壓抑歇斯底里的情緒和反應，奮力救助妻女。

「炎魔，你說愛夏薇，為甚麼不跑進火裏去？」西王母出現在漫天煙霞裏。

「我……」炎魔的確想過跑進火裏去，可是最後還是克制了這種想法。

「你還是比較希望可以跟隨魔王開創千秋大業，對嗎？這個欲望克制了你殉葬的念頭。」

「您錯了。我只是覺得，活着比死去更好。求死，是弱者所為，我希望她們也能夠活着。您何必對我們一家苦苦相逼？求您救助我的妻女！當薇兒還是您的侍女時，我們已經相戀。後來，我們有幸在人間重聚，相愛相敬……」

「住口！你憑甚麼跟本神討價還價！夏薇本來心潔如寶石，可以修煉更高法術。但她為你動了情，招致淪落紅塵，更要去火河受咕苦的悲慘命運。赤陽，即使你的心裏有愛，又能夠給她們甚麼呢？你已淪入魔道，難道要妻女也一起淪入魔道嗎？」

炎魔從西王母的話裏，知道她仍然很喜愛夏薇，所以懇求她，希望她能夠放過自己一家：「人間有情，天地有愛，您難道不可以賜予我們一點兒憐憫嗎？我降格為火精靈，我追隨魔王，也是為了薇兒，也是希望和妻女共度美好的將來。」炎魔祈求，「殿下，這是您昆侖山的火，殿下一定有辦法救回我的妻女。她們是無辜的，求殿下救救她們！」

西王母看一看炎魔，平靜如水地說：「緣生緣滅，緣起緣散，是一個不息的循環。該完就完，該放就放，否則只有無止盡的苦。你捆綁住夏薇的心，千結也得不到自由。何苦呢？」

「您的話是甚麼意思？」

「你們已經緣盡。」西王母右手一揚，一滴眼淚就凝聚在手掌上，「這是夏薇為你流的最後一滴情淚，從此以後，她不再有淚。她會忘掉前塵往事，重新開始。」她左手衣袖一揮，夏薇和千結隨即從火裏飛出來，如鳳凰，千結展翅高飛，夏薇彩衣飄揚。

「薇兒！千結……」炎魔愕然。

「夏薇、千結，妳倆已脫胎換骨，升格為天眾。過去的一切，都被燃燒殆盡，從此，妳們各自修行，已無任何關係。夏薇聽命，妳為愛生，為愛亡，心善仁厚，以一顆情淚拯救世界樹有功，故可以擺脫凡人的束縛，回歸聖域。從此替代千結成為月老侍女，為世人播種姻緣，修善積德。」夏薇感激謝恩，西王母又說：「千結聽命，妳心澄如寶石，孝行感動天庭，從此隨本神修行，成為生命之神。」

「謝殿下錯愛。」千結感恩下跪。

「炎魔，世界樹即將回復秩序，念你仍有一念之仁，饒你不死。本神賜予你最後一個機會：你決定棄暗投明，還是回歸魔域？」西王母看着炎魔，猜測着他的心。

炎魔考慮半晌，他看了看夏薇，也看了看千結，看見她們已經各有所歸，心裏變得坦然。而且，自己已經失去做神的資格，淪入魔道，即使回歸聖域，不過是一個低級的火精靈。自己不光彩的過去，也會變成妻女的包袱。

如果他追隨魔王，魔軍大勝之日，他可以光榮地與妻女復合。倘若魔軍永無法攻入聖域，那麼，從前的愛，就讓它成為自己和夏薇封存在心裏的一段美好回憶吧。

不管結局如何，也比現在回歸天庭好得多。

炎魔再次深情地看了看夏薇，但夏薇沒有任何回應。看來，她真的如西王母所言，給昆侖山的火燒掉了所有前塵往事。一種莫名的痛，驟然隱去了炎魔冰眸裏的光彩。

他盡量表現平靜地說：「謝殿下厚恩。我仍然選擇效忠魔王。」

西王母聽罷，將手上的眼淚拋向花海外，如一顆打碎玻璃的石頭，這個結界開始碎裂，玻璃碎片簌簌墜落，天地變色，劇烈震蕩。西王母領着夏薇和千結，朝剛才拋擲情淚的方向飛過去。炎魔則展翅飛向另一個方向。

從此，他和夏薇天各一方。

相聚一刻

夜光石的亮光消失了，石上的字也飄然消散。

「噢！原來西王母已經救醒了時間鐘。」我跟青鳥兄弟說。

「是啊，太好了，主人英明。」展翔拍拍翅膀說。

可是飛翔默默無語。

我和展翔對望了一眼，也默默無言起來。

飛翔喜歡翩翩，但是剛才的書卷裏說翩翩因為忘憂草而給西王母懲罰，從此得不到喜樂。偏偏這忘憂草是飛翔送給她的，所以飛翔一定很內疚。而且，翩翩又有了心上人，隨殷鑑去了冰墓生活。飛翔的心裏也感到不是滋味吧。

我正想着怎樣安慰他時，突然有一條紅線凌空被拋了下來，纏住了我的腰，把我拉了上去。

被拉上去，豈不是要撞牆？

我喵喵大叫，閉眼準備頭穿洞！

誰知，牆竟然自己裂開了！對，自己裂開了，讓我過去。

是不是覺得很神奇啊？我也覺得匪夷所思。

最後，我懸浮在天空上。

夏薇拿着紅線，向我微笑。

怎麼了？想對我怎樣？我感到她有點兒不懷好意。

她的紅線一抛，把我抛到遠處一個沙灘上。

我朝沙上一摔，痛得直叫救命。

哎喲！痛死我了。

我究竟還要被摔多少次？那些討厭的神仙，想摔死我嗎？回家後，一定要找個摔角手，拜個師，學一學摔不死的竅門。

我用手揉搓摔痛的地方，咦？我，我竟然被摔回了人形！

真神奇真神奇！我變回人類了。

我東張西望，看見前方有一間小屋。

那，不就是洋洋的海濱小屋嗎？

我已經離開了那個森林。

太好了！我回家了。

我爬起來，朝小屋跑過去，害怕它又只是幻象。

這時，一隻小白鴿在我身後「咕咕」叫，追着我跑過來。

我停下腳步，轉身蹲下去看着牠，牠也看着我，一會兒後，我說：「你就是那隻救我，又害我的小白鴿！」我再看一看牠的眼睛，「現在，你的眼瞼是紅色的，所以，你現在是好心的白鴿，對不對？」

小白鴿聽了，開心得不停地點頭。

「怎麼你現在不懂得說人話了？我記得殷鑑說過，你是上一次大意闖進了世界樹結界裏的人類。」我撫一撫摸牠的頭頂，「我已經變回人類了，怎麼你還沒有回復人身？」

牠難過地低下頭。

「你真可憐。如果可以像童話故事裏的情節那樣，吻一吻你，就可以讓你變回人類就好了。」

牠充滿期待地看着我。

「不行啦。要令魔法消失，是有條件的。就是吻和被吻的人必須是互相愛慕的，才可以啊！我不是白雪公主，你又不是白馬王子，怎麼可以成功呢？」

小白鴿仍然充滿期待地看着我。

「好吧好吧。念在你曾經救過我，我就當是報答你吧。」於是我勉為其難地給了牠一個飛吻。

誰知，奇蹟居然發生了！

小白鴿一變身，竟然變成了航生！

牠是航生！所以我最初在森林小屋裏看到的那張臉孔是他的，是他喚醒了我。

「子君！」溫文爾雅如往昔。

想不到竟然是他。我的兩頰發熱，有發燒的感覺。

「我去年住進了洋洋這間海濱小屋後，誤進了魔法森林，被困至今。」

我聽聞他去年突然失蹤，像人間蒸發了般，音訊杳然。原來這是他失蹤的真正原因。

突然，我想起了「公主」，說：「她一定很擔心你了？」我小心言辭，不想引起不必要的誤會。

「她？」

「『公主』。我聽說……聽說她的未婚夫在婚前發生了交通意外。」我強裝冷靜地說。「公主」是我和航生給他那被「指腹為婚」的現任女朋友的代號。也許，說出她的名字，對我們來說，都會引起痛苦的聯想。

他感嘆地說：「那是一件不幸的事情。他們是那麼匹配，那樣地相愛着。想不到會發生那種意外。」他看一看我，說，「不曉得她知不知道我失蹤了的事情。我來這間海濱別墅度假前，她已經參加了『無國界醫生』組織，去了貧窮地區幫助有需要的人。」

啥！怎會這樣？不可能啊！

他似乎看穿了我的思想，微笑地說：「她並不是我們想像的那麼柔弱。在那個傷心的時刻，她決定以大愛去修補內心的創傷。她說，懂得愛別人的人，才更會懂得愛自己。她要完成跟未婚夫共同訂下的使命，將愛傳遍天下。」

「公主」竟然這麼好。我不如她。我自慚形穢地低下頭。

航生突然臉色一轉，生氣地看着我：「妳這個任性的傢伙，一聲不響就失蹤了這些日子。妳究竟當我是甚麼？」

「誰跟『公主』復合了？」

甚麼當你是甚麼？「你跟『公主』復合了，我當然自動退出。我浪跡天涯，不可以嗎？」

「你跟『公主』復合了。」

「我甚麼時候跟她復合了？」

「你在那個平安夜的晚上在愛神咖啡館跟『公主』復合了還說我任性我哪裏任性了我是帶着悲傷的心情去浪跡天涯的啊！」竟然一口氣說了這麼長的話。

「還好意思說這些話那個平安夜我約了妳妳卻沒有來然後還失蹤了。」他竟然也一口氣說了這麼多話。

「那天晚上你不是說『別哭，妳還有我，我會照顧妳的』嗎？」

「原來妳躲起來偷聽我們說話！」

「如果你光明正大，就不用怕我偷聽。」

「那麼妳為甚麼不繼續偷聽下去啊？」

「我才不要聽你們的情話。」

航生雙手捧着我的臉，說：「妳誤會我們了。」

「誤會？」

「然後，我跟她說『我永遠會是妳的好哥哥，我會支持妳，照顧妳的，妳的丈夫一定會平安回來。』」他的雙眸看着我的雙眼，兩雙眼睛變成了一對「∞∞」，「我和她早就已經很清楚大家的感情，是兄妹那種相親相愛的感情了。」

啥！我白流淚了嗎？

「我那個晚上準備了求婚指環，打算向妳求婚。」

「求婚指環！」

「妳這個大傻瓜！」他神秘地笑，用額頭碰一碰我的額頭，「指環還在海濱小屋裏，我們回去小屋裏再細聊吧。」

就是那枚紙摺出來的指環！怪不得大小剛好。

天上的陽光照耀着我，我感到無限溫暖。

「叮叮叮……」

甚麼聲音？

「叮叮叮叮叮……」

甚麼聲音？

「叮叮叮叮叮叮叮……」

好像是……電梯每到一個樓層，就會響起的聲音，可是這兒沒有電梯啊！

「叮叮叮叮叮叮叮叮叮……」

「醒來吧！」有人發出命令，我就睜開了眼睛。

我醒來了，躺在躺椅上。

航生呢？

我看着身旁的那個男人。

「巫——言——」我震驚地大喊。

他站了起來，轉身背着我，沒有理會我。

我掙扎着坐起來。坐在我另一邊的那個男人有禮貌地說：「子君小姐，打擾妳，不好意思。」是林書賢！

「覺得不好意思，就趕快離開。這是我的居所，我現在送客了，請便！」

沒有人理會我的要求。大家依舊站的站着，坐的坐着。

真是無名火起。我又想大吵大鬧時，林書賢又溫文爾雅地說：「剛才我們閱讀了妳的記憶，是為了想從妳的回憶裏看看，會不會有第三顆生命之蓮的線索。可惜沒有。」

居然偷看別人的記憶，像偷看日記一樣，不可饒恕！

噢噢噢！我，記起了！他們還給我打了一針鎮靜劑。

真是太卑鄙了！

可是，我鬥不過這兩個壯男，還是以退為進。

於是，我擺出一副假得不能再假的笑容，以奢侈品商店售貨員的口吻說：「既然沒有看到甚麼線索，那麼就請趕快離開吧。我累了，想休息。」我心裏懊惱着，究竟航生哪裏去了？那段記憶怎麼空白了？

「我們當然會離開。但是，妳必須跟我們一起離開這兒一段日子。」巫言語氣溫和，但很明顯，這句話是個命令。

「為甚麼我要跟你們走？我要留下來，還有很多事情等着我去做，我是生活很忙碌的人！」我大聲抗議，沒有辦法假裝斯文了。

「妳體內有生命之蓮，如果沒有我們的保護，哼！妳想英年早逝嗎？」巫言嚴肅地說。雖然語氣平和，可是明顯帶有強烈的威嚇味道。

「甚麼！怎會這樣？」我想哭。我還以為那只是發生在夢裏的事情。

「陛下為了避免妳和我妹妹結合來打擊他，一定會先派天兵天將來殺死妳。」他又恐嚇我了。

「這……我是和平主義者，你可以行行好，代我向天帝轉告一聲，告訴他：請他不必擔心，我是和平主義者。我的小命不值錢，留着給我也不吃虧。」

「沒有用的，懷璧其罪，即使陛下放過妳，至尊天魔也會誅殺妳。如果妳想活得長久一點兒，以後就必須跟我們在一起。」巫言說。讓我再強調，雖然他的語氣平和，可是明顯帶有強烈的威嚇味道。

我不要這樣。我要哭了。

「其實，我也不想帶着妳這個這麼麻煩的人。」

「你說甚麼，我哪裏麻煩了，是你們一直在麻煩我……」

這時，門外進來了一個人。是航生！

「子君，妳醒了！」

航生竟然是同謀！我不滿地瞪着他說：「航生，你，可惡！」

他忙解釋：「不要誤會！我中了咒語，也是剛醒來不久。我們一進來就被他們捉住了。」

「子君小姐，我們真的只是為了尋找有關生命之蓮的線索和保護妳而來。請不要拒絕我們的好意。這兒附近有一道進入無人島的秘道，請妳跟我們去無人島的巫師總部，居住一段時間再作打算吧。」林書賢有禮貌地說。

我想了想：「好吧。」反正也沒有其他辦法。

這個海濱小屋的假期，就這樣結束了。

我的肚子忽然餓得「咕嚕咕嚕」地叫了起來。我感到不好意思，尷尬得臉都紅了。

航生微笑地走出房間。一會兒後，他給我送來了香濃的蒸餾咖啡、曲奇餅、芝士火腿三明治和熱呼呼的炸薯條。

太好了！我摸摸杯耳，是暖的，咖啡上有曲奇餅「四葉草」。呷了一口，喝得出，咖啡和奶的比例是百分之八十八。

我甜蜜地笑了起來，又忍不住問：「航生也一起去嗎？」

「當然。他知道了太多秘密，怎可以放他離開？」巫言說。

我大吃一驚，感到太對不起航生了。

不過，航生能夠和我一起去，我總算有個伴，沉悶的時候，有個人可以聊聊天，肚子餓的時候，也有人燒些好東西給我吃，想想也不錯。

我拿起薯條，蘸上西紅柿醬吃了起來。

這時，巫言和林書賢突然離開了房間。

航生從口袋裏掏出了一個紅緞首飾盒子，打開了，拿出那枚紙摺出來的指環，說：「子君，妳以後願意跟我一起為客人泡咖啡嗎？」

「我……」

我們相視而笑，一雙眼睛變成了一對「∞∞」。

第四章　補天

魂兮，歸來？
魂兮，歸來！
銀鈴聲響，風吹簾動，
神魂歸來，合浦可期？
三生河上，冥界花開，
無邊，
無邊，
十方何處是岸？

驟然風起，一往而情深，但誰能捕捉風留在雪地上的呢喃？

第四章　補天

紫色的憂愁 173
《補天》
蝶舞翩翩 186
一往情深 213
媧皇補天 235
心海彼岸 250
逆轉命運 272
夢醒 285
風過雲逝 288

紫色的憂愁

風起，湖面皺起魚鱗般的波紋，野荷的香馥飄然上天，擁抱最美最溫柔的明月。

我的頭髮亂了，髮絲抹過心中的彷徨，眼前四面遼闊四面遼闊。沉在心湖底的不安，不着痕跡地蕩漾着。

風吹遠了一縷雲，它如我的未來，已經牽不住了。

滿天紫蝶變成紛飛落葉。

明天，是嘆息似的渺茫。

我踏着草地，走向前方的蘆葦小屋，推開木門進去。

如水彩塗抹成的客廳裏有三張木椅子，其中兩張隨意地放着，采園坐在第三張看書。他的頭髮剪得短短的，耳朵豐滿、慈顏善目，聲音渾厚迷人，但跟他相處久了，你會發覺他最吸引人的地方，其實是他在揚眉瞬目、舉手投足間，那種絲毫不矯揉造作的紳士風度。

采園是誰？他是「公主」的未婚夫。他們結婚前跟隨「無國界醫生」去一個偏遠山區做義工時，遇到車禍，他為了救「公主」而被拋出車外。在快撞到一塊石頭時，體內的生命之蓮突然開花，救了他一命。巫忘也在這時候出現，把他帶到這個結界來。

這兒有田地，他可以隨意讓土地長出各種糧食，因為他是素食者，所以生活過得還滿豐足的。衣服和必需品也可以隨意地變出來。他說：「只要我閉上眼睛，在腦海中描繪出那東西的樣子，然後睜開眼，它就已經存在。不過，有時候，它們的形狀、顏色、功能，甚至大小也可能會有點兒奇怪，因為我在幻想時，想得不夠周全，就急忙地張開了眼睛。像我的牧羊犬，就有一條粉紅色的尾巴，哈哈哈……」他輕撫着那頭可憐的牧羊犬的尾巴，竟還能開懷大笑起來。

如果我是那頭牧羊犬，一定會立刻氣昏，甚至叫他把我消失掉算了，可是他的牧羊犬竟也快樂地搖起那條粉紅色的尾巴來，真不愧是他創造出來的唯一生物。

曉得他這粉紅色尾巴的牧羊犬叫甚麼名字嗎？當然是，叫「公主」。哈哈哈，要是讓他那高貴優雅的「公主」知道，想必也會當場氣昏吧。每次想到兩個「公主」站在一起的情境，我就忍不住笑起來。

「不過，那滿天的紫蝶，不是我變出來的。牠們本來就生活在這兒。」采囿每次都會補充這一句。

他不知道自己在這兒生活了多久，也不要求離開這兒。因為巫忘告訴他，如果他離開這個結界，天帝會立即偵測到他，死亡的刀鋒就會指向他和所有想救他的人。

那麼，我又為甚麼會在這兒？我也是被巫忘帶來的。

還記得那天，我在巫言的總部遊蕩時，巫忘突然現身，對，你沒看錯，是「突然」出現在我面前。她的肉身仍在春風女神的生命之池沉睡着，神魂卻可以任意出遊，而且力量很強大似的。

她說：「如果被天帝發現妳在這兒，不但妳會沒命，我哥哥也會惹上麻煩。所以，妳必須跟我走。」

然後，她把我帶來了這兒。

采囿說他一來到這個結界裏，就有了創造的力量。

但是，我沒有。這種力量從沒有在我身上出現過。怎會這樣呢？我們都是生命之蓮的宿主，為甚麼生命之蓮要這麼偏心？我也想創造一些東西出來玩玩，還有，我想變些漂亮的新衣服、護膚品，變些好吃的肉類食品……

要采園幫忙？他變出來的衣服都是粉紅色的（「公主」最愛的顏色，我最討厭的顏色），款式也不是我繪畫給他看的模樣，而且不是太大就是太小。

護膚品？算了吧，用了，恐怕後果不堪設想，我只好用茉莉花和荷荷芭油自製天然香油。

肉食，更是奢望，采園是素食者。

不過，有一個很奇怪的現象：所有采園創造出來的東西起初是有各種顏色的，但二十四小時後，它們都會變成深淺不同的紫色。所以，這個結界裏的東西，到了最後都是紫色的，除了牧羊犬的粉紅色尾巴和我房間裏的一盞桌燈。

我不能創造，那麼，我是不是毫無用處呢？上天當然不會這麼殘忍——我可以不停地複製采園創造出來的東西，一件，兩件，一千件，一萬件……所以，我變成了一部複印機。

為甚麼這麼不公平？有一天，當巫忘忽然出現在這個結界時，我當面詢問過她。

她聽了反問：「妳知道我們為甚麼會是生命之蓮的宿主嗎？」

對於這點，我簡直是茫無頭緒。巫珈晞的身體是宿主，還可以理解，因為她的前生——巫忘是巫王和春風女神的女兒，又可以駕馭太初力量。生命之蓮裏有太初正氣，強大的力量依附在強者身上，是合情合理的事情。可是，我只是普通人，我想，采圍也應該只是普通人，不能只用「幸運」這兩個字作為我們成為生命之蓮宿主的原因吧。

巫忘好像懂讀心術，她會意一笑，說：「生命之蓮的花期很短，開花後，只會在宿主體內生長一年。一年後，花就會凋謝、結子，這顆種子會在宿主的體內沉睡，直至宿主死後，它就會找另一個宿主。沒有人知道它何時會開花，也沒有人知道它的宿主是誰。所以，要三顆生命之蓮同時期開花，又要宿主能在花期相聚，幾乎是沒有可能的事情。」

「我聽聖域三公主說過，三顆生命之蓮同時開花之時，就是三界翻天覆地之日。現在，我們的花都開了，卻仍然天下太平。」我不禁插嘴。

巫忘的臉上閃過陰沉之色：「生命之蓮的宿主結合起來，擁有再造天地的力量：巫女可以牽引出太初的力量，另外兩個宿主也絕非普通人，」她看着我，「妳是人之女。」

「人之女？」是甚麼意思？

「母神女媧氏所創造的第一個男人和第一個女人，都吸收了她最多的靈氣，這兩個人結合，生下了一個女兒。母神就埋藏生命之蓮的種子在她體內。這個女孩是人類的第一個孩子，她有繁衍生命的力量。所以，那顆種子一直在她的後裔尋找適合的宿主。」

「原來我是人之女的後裔。」我開玩笑地說，「采圍有創造的力量，他莫非是盤古的後人？」

「妳猜對了。」

啥？

巫忘繼續說：「盤古創造天地萬物後，歸於虛無前，他請母神用泥土為他造了一個男人，然後吹最後一口氣進這個泥人體內，那泥人就有了生命。母神也放了一顆生命之蓮的種子進這個人的體內。這個人的肉體一旦死亡，盤古那一口靈氣就會和生命之蓮轉換到另一個肉體裏去。簡單而言，采圍擁有盤古的力量。」

「我們三個結合起來，妳牽引出力量，采圍創造新天地，我可以繁衍生命。」我頓時明白了我們仨結合後帶來的微妙力量。

「人界可以因我們而重新開始。人界一旦重新開始，必然會影響到聖域和魔域的現況，後果無人知曉。」巫忘說。

為甚麼要重新開始？現在不是很好嗎？真是沒事找事做。我無意地看了看無名指上紙造的指環，心裏記掛着航生。真想快快回去他身邊，一起創造美好的將來。

「其他人可能會很好，但是我們仨都不會好。天帝為了保護聖域，他必誅殺我們和所有想保護我們的人。」她不懷好意地朝我看，看得我汗毛直豎，「妳一旦離開我的結界，回去情人和家人的身邊，就會立刻死在天帝手裏，妳身邊的人也不例外。即使天帝手下留情，至尊天魔也不會放過我們。」

我不想這樣！心裏一陣狂亂和恐慌。

巫忘更進一步：「妳想逃過這厄運，就必須跟我合作。」

「可是，你們何不坐下來，吃一客『歡樂世界』，好好談談？萬事以和為貴，我不想連累其他生靈。」

「妳放心，我只想在復活前以太初力量先保護自己。」

保護自己？對啊，巫珈晞和巫忘都死在天帝手裏。巫珈晞的身體雖因生命之蓮得以等待重生，但是她的肉身一旦甦醒，恐怕又要再死一次。不過，如果人界出了天翻覆地的變化，至尊天魔豈不是有機可乘？萬一他更幸運地成為三界之主，到時不是更糟糕嗎？我的將來想必跟巫忘一樣——必死無疑，可是也不能躺着等死，所以只好跟她合作了：「那麼，我們下一步該如何做？」

「在不久的將來，妳就會知道。」然後，她驀地消失。

唉，很有政客的口吻：她的話給了妳很多期待，但其實答了等於沒有回答。所謂「不久的將來」是指何時呢？

所以，我只好繼續等，繼續用我的荷荷芭茉莉花香油。

夜間的風，穿透蘆葦編織的牆壁送進了涼意。

采園安靜地坐着看書。我走到他身旁，偷看他今天在看的書。咦，淡紫色的書裏有很多張相片。哈哈哈，全是「公主」在替人做眼科手術的相片。

這算是甚麼書？比較像一本相冊吧。我禁不住哈哈大笑起來。

他忙合上書，尷尬地抗議：「妳又偷看我的書！」

我笑到淚水都跑了出來：「想看未婚妻的相片，儘管看吧，何必裝模作樣。」然後，有個主意跑上了我的腦袋，我止住了笑，認真地看着他說，「可以也變一些航生的照片給我嗎？」

「我對航生沒有印象，我們只見過一兩次面，所以變不出來。」他為難地說，「如果妳能畫給我看的話……」

我無奈地打斷了他的話：「如果我能畫的話，就不用叫你變了。」

其實，我無聊的時候曾多次旁敲側擊，試探他知不知道航生跟「公主」的過去。結果，我可以確定他不知道航生和「公主」曾經是家人眼中的「金童玉女」。這樣也好，反正都成為了過去，知道了，除了徒生心病，還有甚麼意義呢？

這個房子的四壁和天花板都是蘆葦做的，竹子做的樑架支撐着天花板，各種瓜類，像飄雪般垂掛着，妝點着屋子，帶來了生氣與活力。

開放式廚房的小灶旁，放滿了樹枝。餐桌的枱面鋪滿了玻璃瓷磚，上面放着筷子和陶碗。餐桌旁邊就是那個四尺長、兩尺寬的小灶，它小得只能放一大、一小兩個鍋。

它有兩間並列的臥室，一間是我的，一間是采園的。采園說這個房子也不是他變出來的。它早於他存在於這個結界裏。

我道了晚安，推開門，走進自己的臥室。

臥室中央有一張木板牀，木板上放了厚厚的乾稻草，草上鋪了牀單。木板牀的牀角有四根柱子，連結着四條横枝，上頭掛着蚊帳。牀的右邊是放衣服與被褥的箱子，牀的左邊是一張木書桌和一把木椅子，桌上放着跟這個房子不太相襯的精緻七色琉璃燈。紅橙黃綠青藍紫七塊琉璃合拼成一把傘，一條銅鏈子從紫和紅兩塊玻璃的交接線末端垂下來。

記得那天，我畫了很多幅圖畫給采囷看，向他講解了無數次，而且嚴肅地要求他一定不要做錯款式。因為這是航生送給我的第一份禮物。

它和牧羊犬都一直沒有變成紫色。巫忘說這是因為它們對物主的意義太重大，所以只受物主的意志支配。

我關上門，坐在椅子上寫了一會兒稿，才和衣躺在牀上。

拉一拉銅鏈子，熄滅燈光，稻草的香氣隨即送我入夢。

明天，甚麼時候才是明天？

這個問題在這兒是沒有意義的問題。這個結界的時間由巫忘決定，所以睡醒了就是明天。

睡吧。甚麼也不要問，甚麼也不要管，反正問了也沒有答案，要管也無從管起。

我朦朧地睡去。

彷彿只是過了一會兒，又朦朧地醒來。我高舉雙臂，舒展筋骨，張開眼睛，只見晨光擁抱着翠綠的大樹。

這個夜晚過得真快。我準備下牀梳洗，卻發現沒有牀可以下！我住的蘆葦小屋哪裏去了？

翠綠的大樹？翠綠……這不是巫忘的紫色結界！

我左右張望，發現自己躺了在一條殘舊生鏽的鐵路軌上。路軌間有很多碎石，兩旁長了十五米高的蘋果樹，枝葉茂盛的樹蔭裏傳來鳥兒吱吱喳喳的歌聲。蘋果樹下有叢叢灌木，它們的花兒像茉莉花，有紫色和白色，又發出陣陣清香。我坐了起來，仔細地再看看那些花。

想了一會兒，又再想了一會兒。

記起了！這是鴛鴦茉莉。雖然很美，但是有毒的。不能掉以輕心。

灌木叢下有很多翠綠的野草和不知名的植物。那些植物頂着金色或紫色的小花在迎風飛舞。

我害怕不知何時會走出一列火車來，所以決定離開路軌，走進草叢裏去，希望可以在前方找到出路。於是，我眼望前方，舉起右腳邁步踏進草叢去。

哇！

我右腳踏空，幾乎掉進無底深洞裏去！我左腳跪在路軌和碎石上，兩手慌忙地抓緊鴛鴦茉莉們。望向草叢下，下面只有空氣，我的右腳在空氣裏晃動。

這不是真的吧！我連忙小心翼翼地抽回右腳，身子往後傾，雙手仍抓住那鴛鴦茉莉的枝條，待雙腳後退到路軌中央時，才安心放開那些救命樹枝。

心才安定下來，卻又好奇了起來。我撥開草叢往下看，看見了另一片天地：原來植物、路軌和我都懸浮在半空中。但是，我和路軌、植物的情況又有點兒不同，因為它們是自然地懸浮着的，我則是依靠它們而浮着。

植物們的根部下，魚群正快樂地游着泳。但是，下面分明沒有水。

哈哈哈，看來又是另一個迷離境界。你看！下面甚至有幾艘以蝴蝶為帆的小船。蝴蝶帆漲滿了風，快速地航行着，魚群如嬉鬧的小孩追在牠們後面。

在空氣海裏航行的蝴蝶船！我也是第一次看見，真是大開眼界。

「轟隆轟隆轟隆……」天啊！果然有火車。我的視線回到路軌上，飛快地前後張望，可是看不見火車的蹤影。

四方八面不斷地迴響着「轟隆轟隆轟隆……」的聲音，看來，火車正快速地不知道從哪一個方向朝我駛來！如何是好呢？我彷徨地坐在路軌上。

低頭，無意地看見黏在衣袖上的一片鴛鴦茉莉的葉子。靈機一動，我決定爬上灌木叢，躺在上面來避過這一劫。

於是，我小心翼翼地站起來，抓住鴛鴦茉莉的枝幹靈巧地爬了上去。我平常總是笨手笨腳的，想不到在這生死關頭，手腳竟然這麼合作，真令人感動。

這時，鴛鴦茉莉花叢像一張牀褥，我像小貓般伏在上面，靜觀其變。

一顆蘋果霎時掉在我的左手背上，我右手伸過去拿起它，它就變成了一本紅皮書。

咦！竟然是一本《文藝青年》雜誌。

我翻開一看，第一頁寫着：《補天》。

《補天》蝶舞翩翩

這個結界長年開滿葵花。它位於無人島，是巫言仿照當年邂逅彩蝶公主時的情景而幻化出來的。

當年，巫忘在戰爭中不幸被刺殺，死在巫言懷裏。妹妹的死是一把刺入巫言心裏的尖刀，令他的理智之殿瞬間失去了秩序，變成黑暗穹蒼。他的心變成比極地更荒涼的不毛之地，夜色將它緊緊籠罩，埋入了恐怖的詛咒。

在每個濛濛混沌的漫漫長夜，時間的光綫緩慢地搖動，他多麼渴望酣然入夢，長眠不醒；他多麼渴望忘河之水流淌而過，帶來遺忘。

如何才可以吞沒這令人消沉的悲傷？

於是，他離開了聖域，在凡間漫無目的地流浪。

他的心眼已經甚麼都看不見，分辨不清盛夏與寒冬。

直至那個夏天，他漫遊到一個長滿葵花的山坡。

山坡下有一所別緻的避暑山莊。

巫言坐在一棵大樹下的青石上，一襲白衣，一壺濁酒，及肩的烏髮隨風起舞，冷漠的琥珀色眸子散漫地盛滿斑斕的山花。

蝶舞翩翩，幽香陣陣，好一個人間仙境。

亂踏的馬蹄聲頃刻踏破了寧靜。

一匹寶馬朝巫言狂奔而來，寶馬上，伏着一個人，那個人的彩衣在風中飄揚，濃密的烏髮變成不安的波濤，飄忽在繽紛的海洋上。

好一隻美麗的彩蝶！巫言瞇着醉眼讚歎着。

突然，馬後射出一串流星箭雨，馬兒身中多箭，舉起前蹄，痛苦地嘶叫連連，那個人被馬兒拋了上天，彩衣在空中劃出一道優美的弧線後，直飛撲向巫言。巫言扔了酒壺，本能地抱蝶兒入懷裏。

不是蝶精靈，竟是一個溫香軟暖的人類，她衣袖下潤澤的肌膚，彷佛顫動不已的絲綢。

「救我……」她在巫言的耳畔哀求着。

多麼溫暖的氣息。長生一族所沒有的溫暖氣息。這熨熱耳畔的霧氣，悄悄溜進巫言耳孔去，令他不由自主地全身打了個顫。當他們臉貼臉地滾落花叢間時，巫言無意地吻上了她緋紅的腮。

亂箭再次射來。躺在花叢間的巫言揮袖以法力一掃，箭頭倒轉，射向四名黑衣刺客。刺客見情勢不對，立即負傷逃走。

「姑娘，刺客走了。」巫言輕輕地推開那伏在他身上顫抖的身軀。

她驚魂未定，輕喘着抬起頭，徬徨的眸子四處張望，髮絲不經意地撩撥巫言的肌膚，縈繞他修長的手指。白皙的小手緊捏着巫言的衣袍，宛如受驚的嬰兒，害怕得不能言語。

巫言溫柔地抱起她，讓她坐在青石上。她裹着紅色襪子的小腳不安地交纏着，顫抖的小手一直沒有放開巫言的衣袍。巫言站在她身旁，耐心地等待她冷靜下來。

不消一會兒，一群衛兵和兩名侍女緊張兮兮地奔向這兒，侍女看見他們，立即指着那少女大呼：「公主在那兒！」

這群人狂奔過來，一個衛兵抓住巫言，兩名侍女行了禮，關切地扶着少女說：「公主殿下，沒有受傷吧！」

這時，那少女的織手終於放開了巫言的衣袍，強作鎮定地跟侍女說：「本宮沒事。」她又示意衛兵放了巫言，然後站起來感激地跟巫言說：「本宮是巴國的彩蝶公主，剛才不幸遇到刺客，謝閣下相救。閣下要甚麼賞賜？請儘管說。」

（哦！原來是凡間的公主。）

巫言的嘴角勾起一絲久違了的淺笑：「在下巫言，平生最愛修道問仙，對醫卜星相也略有研究，盼在貴國任國師一職，未知殿下能否應允？」

彩蝶公主為難地說：「國師一職，事關重大，本宮一時間未能應允。可否請閣下與本宮同去王宮，垂詢父王意見。」

（當然好。）

那毫無意義地在巫言頭頂晃動的太陽，彷彿有了點點暖意。

後來，巫言順利地成為了巴國國師，並在人間的無人島建立了巫師總部，開始培訓巫師殺手。

相遇那年，彩蝶公主十四歲，已經許配了高陵將軍。她翌年結婚，巴國亡國時，才十八歲的她死在父王巴蔓子的箭下。巫言放了一顆有法力的寶珠進她的口裏，將她的遺體帶回無人島，讓她安息於這兒的葵花山莊結界。

彩蝶夭亡後，亡靈追隨了高陵幾千年，直至為救女兒被鹽海女神孋姬的匕首所傷，逼不得已離開高陵，前去冥界轉生。

鹽海女神差遣芙蓉花精靈帶領她到冥界轉生。一路上，她眼淚連連，芙蓉花精靈不停地安慰她：「彩蝶公主，請別悲傷，待會兒我們懇求冥王殿下，看他能否慈悲寬容，讓妳不必喝忘情水。」

她們走到金碧輝煌的冥界入口，準備隨着憂愁的亡靈進入冥界時，一抹白色的身影倏忽現身，朝她們走來。

他黑漆般的雙眸充滿笑意，如古希臘的石膏像般優雅地雙手交叉胸前，站在她們面前，阻擋着她們的去路。這時，他身後那幾個穿着黑色西服的隨從也追趕而至。

「芙蓉花精靈向死神大人請安。」芙蓉花精靈想不到會在這兒遇見死神，忙向他行禮請安。

對於芙蓉花精靈的話，死神充耳不聞，只是直朝着彩蝶笑。這行為雖然古怪，但不知為何，彩蝶一點兒也不抗拒、不害怕他。她也只是傻傻地朝死神微笑。

他們對笑了一會兒後，死神像是唸了一堆咒語，然後彩蝶竟自己擦乾臉上的淚，說：「這場夢真長啊！」

「公主，妳這話是甚麼意思？」芙蓉花精靈迷惘地問。

彩蝶公主和死神再相視而笑，然後，如達成了一個共識，下一秒，彩蝶和死神已不見蹤影。

這時，高陵駕駛的那一艘白色遊艇停了在無人島附近的水域。

此時正是黃昏，夕陽西下，天上一片詭異的血色落霞落在遊艇和水面上，如彩蝶為他縫製的紅色披風，披在他疲憊的身上。

高陵離開了絕情林後，在張傑身上找出了他的證件，送了他去警局，然後找一所旅館住了下來。那天晚上，一個黑衣、黑色瞳仁、武功非凡的男人進入了他的房間，一聲不響地放下前往無人島的地圖後，就以時空轉移的方式離開了。高陵依照地圖的指引，來到了這兒。

可是，這兒只有汪洋大海，哪有甚麼無人島？

如果找不到巫言，便找不到女兒。

他沮喪地望着這無邊大海。

忽然，荒蕪的海上傳來廟宇的暮鼓之聲。

這是，這是……

葵花山莊附近那座廟宇的暮鼓之聲！

他和彩蝶公主大婚後，曾一起前往葵花山莊避暑。每天，他們聽着暮鼓晨鐘，每晚，在群芳香氣簇擁下入夢。

「嘭嘭嘭……」鼓聲再次響起。

（附近有肉眼看不見的島嶼！）

於是，高陵全速開着遊艇，追隨鼓聲而去。

水裏霎時出現一個巨大漩渦，捲了遊艇進去。高陵開盡馬達，拼命駛離漩渦，但它的大口越開越大，引力也不斷增強，一剎那間，高陵和遊艇已經一起摔下巨大的水懸崖。巨浪吞下遊艇，高陵也被捲進中央的黑洞裏去。在他快要失去意識時，一抹白影驀地現身，救走了他。

高陵醒來時，已躺了在溫軟的牀上。

窗外，是一個暖風細細，燕雀啼鳴的早上。

「這是……」這是葵花山莊，他和彩蝶公主歡度蜜月的新房！

高陵速速下牀，推開門，向前院走去。

彩蝶公主站在花叢間、陽光下，如幻似虛，她轉身盈盈一笑，姿容絕代，嫋娜風流，美得教英雄拋下江山競折腰。

「蝶兒？」這是夢嗎？

「夫君！」彩蝶公主衣帶飄飄，潤白的肌膚晶瑩剔透，亮麗的烏髮散發迷人芳香。

「蝶兒？」這是夢嗎？高陵跑過去緊緊地摟抱住彩蝶公主。

「夫君。」彩蝶公主順從地給高陵抱進懷裏。

他將彩蝶摟得更緊。

彷彿摟住了苦海裏的一葉孤舟。

（這是夢嗎？）

高陵回憶起那些日子，那些美好的時光。彩蝶總在陽光下，閃耀着光芒，像現在。

如幻似虛。

但何其真實！

彩蝶給抱得幾乎要跟高陵融為一體，良久，高陵才再輕喚：「蝶兒？」

「夫君，你怎麼了？」

「蝶兒。」高陵輕吻彩蝶，讓她的髮絲擦過他的肌膚，帶來真實的觸感。他看得出，眼前的彩蝶抹染了一股前所未有的氣質，但他不問不問不問原因了，只希望和彩蝶這樣廝守下去。

「夫君，你怎麼了？」彩蝶輕輕地推開高陵，笑着說，「夫君，歡愛瞬逝，來日恐韶華難再，讓我們盡情享受當下。」她遞上美酒，「來吧，盡飲此杯，莫要煩憂。」

高陵接了過來，一飲而盡，苦樂交融心中。彩蝶再遞上一杯，高陵也一飲而盡。一杯一杯又一杯，高陵終於醉了。

彩蝶攙扶腳步不穩的高陵回去卧室，讓他坐在牀沿，然後說：「我用今年第一場春雨的水，開了這個山野採來的蜜糖，給夫郎解酒。」

說罷，彩蝶的手上已經拿着一隻白玉杯子，裏面盛了滿滿的蜜糖水，她送玉盅至高陵唇邊，說：「你嚐嚐。」

高陵一飲而盡：「好甜！還有沒有？」

一層霧氣模糊了彩蝶的明眸，她低下頭，說：「沒有了，採來的蜜糖只夠兩杯的量。你一杯，我一杯。」

「蝶兒，待會兒我再去採些野蜜來……」高陵忽然感到天旋地轉，記憶漸漸被沖進巨大的漩渦裏去，他本能地緊抱着彩蝶：「蝶兒，我有點兒不適。」

「夫君，我扶你躺下來稍作休息。」彩蝶讓高陵躺在牀上，他仍然緊握着她的手。

彩蝶說：「你先睡一睡，醒來後，我們去賞花。」她指着窗外，「看，滿坡的葵花，多美！」

高陵將彩蝶的手握得更緊：「我們一起去，一起去！一起去……」

他依戀着，憧憬着，眼前彷彿已開遍姹紫嫣紅。

但他的記憶沙漏被某位天神有意地倒轉了，回憶正在溜走，走進時間鴻流裏，留在往日的陽光下，繼續閃耀着光芒。

他呢？他已經被排除出去了，雖然他仍然用力地握緊彩蝶的手。

一道黃光從天上落到高陵身上，一個裹着黑色斗蓬的白骷髏倏忽飄浮在高陵頭頂，他手上的鐮刀一揮，就切斷了高陵的靈魂之線，讓他飄零的心得到安息。

高陵的靈魂給光的隧道吸走，軀體隨即煙消雲散。他與彩蝶相執的手，也化成煙塵。

只留下彩蝶給他的那把玉梳。

帶不走的，還是帶不走。

他終於還是要孤身上路。

偉大的愛情敵不過強悍的命運，只能化成時間洪流裏的幻影。

彩蝶默默地坐着。

沉默，變成一首辛酸的離歌。

「要做的事情都完成了。我們離開吧。」死神已變回一位穿筆挺白西裝的紳士。

彩蝶以最溫柔的愛送走高陵。

死神也以最大的慈悲心，送走高陵。因為讓痛苦的人得到安息，就是死神最大的慈悲。

別矣，高陵。

別矣，彩蝶深愛的夫君。

死神帶着彩蝶瞬間離開這兒，回去冥界。

不遠處，巫言默默地看着，但他沒有干預，雖然無人島是巫言的結界，但是由於死神的法力遠在他之上，所以他只看見高陵，只感覺到兩股不尋常的氣流，並沒有看見死神和彩蝶。

高陵終於離去了。

屬於高陵的，也應該歸還給他。

巫言走進葵花山莊一個隱密的地下室，這兒的佈置和擺設跟彩蝶公主出嫁前的宮殿一模一樣，公主的遺體安穩地躺在牀上。由於口裏含了有法力的寶珠，所以她美貌如昔，仿如睡着了。

「彩蝶……」這個千百年來唯一走進巫言心裏，卻註定永遠不可能相愛的凡人，他終於決定送她離去。

他愛她。他對她的愛慕之情，完全超越了自己能夠理解的領域。一個凡間女子，為何能夠如此迷惑他的心？他不懂，真的不懂。

她吸引他的，並不是那浮於表面的美貌，而是那股來自靈魂的芳香。巫言肯定她來自聖域，但是她的神魂被一股極強的法力守護着，所以巫言完全看不穿她的底細。

巫言俯身輕撫彩蝶粉嫩的臉頰，回憶初相見時，她女神般耀眼的美和溫暖的氣息。他肯定她是女神，可惜不知道來自何方，所以無處可尋。

良久，他輕嘆一聲。

別矣！

彩蝶。

屬於高陵的，終究要歸還給他。在亡國那天，他們早就應該一起長眠於古代巴國的國師殿。因為巫言違反了時空定律，救了高陵，令他長生不死，才會弄出今天這個局面。

雖然推遲了幾千年，但是時間之神還是巧妙地令應該發生的事情發生了。

今天，巫言好應該讓他們一起安息，否則必遭天遣。

巫言轉身離開，唸咒取出彩蝶口裏的寶珠。

彩蝶的身軀隨即化成七色粉末，煙消雲散。

巫言沒有回頭，一直走，一直走，離開密室，離開葵花山莊，離開開滿葵花的山頭。他離開後，滿山的植物瞬間枯萎，葵花山莊也化成塵土。

別矣！

彩蝶。

在冥界，芙蓉花精靈仍一臉茫然，不知所措時，死神和彩蝶公主又突然現身。

「死神大人，彩蝶公主！」芙蓉花精靈以為死神要懲罰彩蝶公主，所以忙為彩蝶求情，「死神大人，彩蝶公主不是有意在人間流連的，她至情至聖，為愛不惜犧牲一切，請求大人不要怪罪她。孋姬女神請大人給她一次轉生機會，讓她來生和夫郎相會。」

彩蝶公主聽了芙蓉花精靈的求情話，不禁微微一笑，說：「芙蓉花精靈，謝謝妳一直對本神這麼好。本神定要報答妳。」彩蝶說罷，她的衣衫頓變，變成了亮澤的粉紅色天衣，外貌也改變了：形神超塵脫俗，眸光顧盼醉人。

「我的夢神小姪女，終於歸位了。」死神笑着說。

「您是夢神大人！」芙蓉花精靈驚呼。

天地初開，混沌誕生了正邪兩股氣流，這兩股氣流緊緊相依，又互相排斥，它們從不重疊，像兩個相撲手，總在推撞對方，以爭奪更多宇宙的佔有率。從正邪兩股氣流交接的部位，誕生了兩位亦正亦邪的雌雄夜神聖尊，兩神合體後，第一胎生下了死神和睡神這對孿生子。

以輩分計算，死神和冥神平輩，但是死神從不計較這些。他天性愛自由，又喜歡冥界的居住環境，所以來到冥界，自居冥神的下屬。冥王厚待、尊重他，給他蓋了宮殿，分配了侍從服侍他，又有一群黑白無常為他工作，他吃好住好，工時自由，日子過得不亦樂乎。因為死神愛穿潔白無瑕的衣飾，所以黑白無常從此都只能穿黑。

睡神看見哥哥的日子過得這麼愜意，也搬了來冥界居住。冥王因應他的喜好，為他在一個陽光永遠照不到的陰暗山洞裏建築了一所宮殿，宮殿的中央有一條河，河水來自宮殿後面那些巖石間的一個泉眼。那條河流流過宮殿前面的紅紅罌粟花田和各種具有催眠作用的植物花田後，會進入夢鄉，最後才流入冥界的忘河。

三千位夢神則在冥界之邊的夢鄉出生。夢鄉充滿了睡神的力量，這力量孕育了眾多夢神。他們在夢神之首——墨菲斯的領導下，各自建立自己的結界，神魂經常下凡經歷七情六慾，然後為世人播夢。

「暫時，本神是年紀最少的，掌管初戀之夢。」彩蝶的眉宇間多了威嚴，眼神深邃，宛如藏進了千萬年的經歷，「寂寞精靈——夢兒是本神的老對手了，初戀總是輸給寂寞。我們交手多次，本神只贏了這一回，也許是因為本神這次的形貌跟真身有幾分神似吧。」

「玲瓏，妳的真身仍在宮殿裏，這回，妳離開的時間太長，恐有後遺症。待伯父以法力助妳速回，再以真氣助妳回復過來。」三千夢神中，死神最疼愛玲瓏，視如女兒，她的神魂每次下凡前，死神都會施保護咒，並用法力封印她的記憶，因為他當年積極地參與了創造玲瓏的過程：他穿越時空，到特洛伊城取了海倫的基因，又到了中國周朝取了褒姒的微笑助夢神創造玲瓏出來。

「謝伯父相助。」死神正要做時空轉移時，玲瓏卻說，「且慢！本神有個東西給芙蓉花精靈。」她從衣袖裏取出彩蝶的玉梳，交到芙蓉花精靈手上：「這個送妳。這把玉梳，我剛注入了純淨的法力，可助妳早日修煉成仙，它的法力也足以令凡人回生一次。」

「謝……謝謝夢神大人。」芙蓉花精靈對這突如其來的恩寵一時間不知道如何反應。

玲瓏和死神不消一秒已經蹤影杳然，連死神的隨從也一起走了。

「剛才是夢嗎？」芙蓉花精靈喃喃自語，聞着玲瓏留下的淡淡甜香，她忽然感到意蕩神馳，心裏癢癢的，像給誰用羽毛騷了耳背幾下，「掌管初戀的夢神。究竟初戀是甚麼滋味呢？」這個問題開始縈繞她的心。

玲瓏和死神來到她的結界，這兒種滿了月季和粉紅色玫瑰花，在花田的中央有一朵極大的粉紅玫瑰，它就是玲瓏的宮殿。玲瓏和死神走到那朵花前，兩片大花瓣就自動移開，聚集在大門後的九個玫瑰花精靈見主人回歸，忙屈膝行禮。

裏面寬廣遼闊、一望無垠，是一個由粉紅色水晶雕琢而成的夢幻世界。他們眼前是一座中世紀的歐洲水晶古堡，圍繞着它生長的紫丁香就仿如護城河。

他們走到花海前，城堡的吊橋就自動放了下來。

死神變出一副太陽眼鏡，邊戴邊說：「玲瓏，我真不能喜歡妳這個結界。它的亮光足以閃瞎我雙眼。」

玲瓏笑着說：「初戀宛如夏日一束耀眼的金光，初戀的人透過這抹光看到的戀人都朦朧美好，而不真實的，所以哲學家們說戀愛中的人都是盲目的。假如伯父真的被這抹光弄瞎了，玲瓏倒要恭喜您，因為閣下有機會談一場初戀。」

死神害怕得搖頭擺手：「這種玩笑開不得！死神談戀愛？哈哈，一定會笑死聖域眾神仙。」

「世事如棋局局新，天曉得明天會發生甚麼事呢？您的話不要說得太肯定。」

他們說着說着已經走到拱門那兒，從拱門進入圓形大廳。大廳裏站了兩排紫丁香花精靈，一排十三個，另一排有十四個。放眼所見，盡是晶瑩剔透的粉紅水晶，除了支柱和一條通往二樓的樓梯，就只有插滿紫丁香和粉玫瑰的花瓶。

玲瓏領着伯父進入二樓的客廳。二樓的擺設又是另一番景象：非常有田園風味。

微風中，白紗窗簾輕輕起舞，窗外竟是一個前園！園中滿是粉色玫瑰、紫丁香和七彩迎春花，左邊的花圃前有一張兩座位的木椅子，右邊的花圃前是一個攀滿紫籐的白色鐵架，它垂吊着一張水滴形的籐椅，椅上放了三個布面有刺繡的墊子。室內的牆上鋪了蜜糖色石磚，陶瓷器皿上盡是粉紅色玫瑰。火爐裏的木頭在噼啪作響，吐出香暖火燄。茶壺裏有飲品，鑲了金邊的瓷碟上有甜點。

死神拿下了太陽眼鏡，說：「這兒好多了。」然後他又慨嘆地說，「如果可以在這兒多住幾天，還有誰會自尋短見呢？」畢竟是死神，他關注生死問題多於戀愛。

「伯父，您先喝杯飲品，吃個甜點，姪女兒的真身在寢室裏，待我神魂先回歸，再出來見您。」

「要我先輸點太初正氣給妳嗎？」

「不必了。」玲瓏說着，已經踏上前往三樓的木樓梯。

三樓是玲瓏的寢室。不要以為是童話世界裏那種公主式的房間。玲瓏是夢神，夢神是睡神的子女，他們都喜歡在偏暗和滿是罌粟花的地方睡覺。所以，寢室裏彌漫着罌粟花的催眠香氣。因為她掌管初戀的夢，故此室內也滿是綺麗的粉色玫瑰、紫丁香和迎春花。這個寢室無比廣闊，無邊無際，在一片花海裏有一朵巨大的粉色玫瑰，玫瑰花的中央有一張舒適的大牀，牀的四個角有四支五尺高的白色支架，白色輕紗在支架上搖曳。大牀上的玲瓏好夢正酣。

站在門口的玲瓏只輕輕一躍，下一瞬間就已經坐在牀沿。她輕輕一吻自己，神魂隨即化成一縷煙，從鼻孔進入神軀裏。

當死神優雅地拿起那個精緻的陶瓷茶壺，倒了第二杯飲品，準備喝時，彷佛風吹簾動，窗外無端出現異象：點點白色柳絮如雪飄飛，陣陣耳語含糊不清地隨風而來。死神感到莫名其妙時，玲瓏已倏地坐了在他右邊的木椅子上。

「玲瓏，妳恢復得可真快！」死神不禁讚歎道。

「伯父太誇獎了。」玲瓏一瞥死神手上的茶杯，詭異地笑了起來，「伯父，您剛才喝完了一整杯飲品？」

死神聞了聞飲品的香氣，說：「玲瓏，妳這兒的飲品真是與別不同，既像茶，也不像茶，好喝極了，所以這已經是第二杯。」

「伯父，想是姪女兒沉睡了太長時間，您久沒來此作客，所以忘了這兒的規則。」玲瓏仍然看着他笑。

「這兒的規則，規則……」死神忙放下杯子，彈跳了起來。

玲瓏淘氣地說：「往後的晚上，請接受姪女兒送給您的美好初戀夢。」

原來這個結界裏的其中兩條規則，就是不能完整地喝完一杯飲品，不能完整地吃完一個食品，否則就會在往後的十個夜晚，做一個連續的初戀夢，因為這兒的所有東西都含有魔法，包括食物。這個初戀夢的內容只受物品的魔法主宰，連玲瓏也控制不了。

為甚麼會這麼有趣？因為玲瓏每到凡間收集一個初戀故事後，她的結界就會出現一個能夠代表這份情的東西，可能是一朵花、可能是一場雪、可能是一杯茶，也可能是一個香囊……它們隨意出現，隨意躲起來，因為在初戀的世界裏，一切事情都是突如其來，不能計算的。

到訪的神仙精靈，可能碰上一段意想不到的「初戀」，然後回去做這個初戀夢的主角。

玲瓏忽然嚴肅地說：「伯父，姪女兒有一事相求。」

「何事？」

「初戀盡是苦澀，剎那甜蜜過後，盡是苦果。」玲瓏悲嘆。

死神莫名其妙地問：「何故忽然傷春悲秋起來？」

「伯父，我念記起彩蝶公主的女兒。」玲瓏做彩蝶公主的歲月太長，一時間抽離不了她強烈的情感世界，「高陵因為巫言而得到永生，可是他沒有機會追隨正氣一族的神仙，循正道修煉仙術，反而誤以飲血這種邪魔之法來維生。他活得很是無奈、孤獨，跟他做了幾千年夫妻，實不忍他活得如此痛苦，所以才懇求伯父給他喝忘情水，讓他安息。現在又忽然想起，彩蝶公主的女兒也不知所蹤，未知她是否還在人間？」

「關於小公主的事情，我聽冥王殿下談起過，他說這個小公主本應在巴國亡國時歸天，但給孋姬的白狐帶到了幾千年後。後來，她落入巫言之手，又碰上大長老江離叛變，把她送到魔都囚禁。冥王殿下認為他們既已得到永生，就不算是凡人，所以將她和高陵的名字從生死冊中除去。」死神說。

「被除名了！他們既不屬於聖域，也不屬於凡界，夜神聖尊一族又不會容納沒有血緣的追隨者，那麼，他們只能投靠魔域了。但是，追隨至尊天魔的凡人都不會有好下場。」玲瓏難過地說。

「玲瓏，妳已經不是彩蝶公主，他們的事情與妳無關。」死神淡然地說。

玲瓏覺得死神說得有理，但是聽了卻叫她揪心：「伯父……」

死神沉默了，他知道玲瓏的心意。

「除了您，還有誰可以成全玲瓏這個心願呢？」

「玲瓏，高陵的靈魂已經回歸冥界，我可以修改生死冊，讓他去轉生。但那個孩子的情況比較複雜……玲瓏，該了就了，該放就放。連彩蝶公主都懂的道理，難道妳會不懂嗎？」

「我懂的，請相信我，我懂的。我現在就是要了結這件事。然後，方能真正放下。」

死神嘆氣：「愛過方知情重，但有情方懂情傷，無情就沒有萬千苦惱，放下七情豈不更好？」

「無情無愛，心無所依，心無所掛，活着還有何意義？那無私的愛，揪心的痛，徹骨的恨，豈非也令生命更豐盛嗎？」

「玲瓏，妳這就叫做執迷不悟。」

「我就是執迷。」

「好吧！伯父就陪妳瘋一回。」死神說罷，他們隨即時空轉移到魔都。

魔域之主——至尊天魔，為了爭奪天地人三界之王的地位，一直培殖魔兵、魔獸和各式各樣的魔性動植物，以作為打仗的武器。多年來，不斷有聖域居民投靠魔域，天魔從中挑選了十個地位高尚、法力高強的為魔域十王，各封一都城。接替雪妖獲得最大那個都城，負責統領其他九王的，就是天帝的養子——希羅。

希羅稱自己的魔都為「日城」，因為他在聖域時為日族大將軍。

日城的城門前守着魔獸。它暗綠的天空籠罩着一層薄煙。

玲瓏和死神倏忽來到日城的城門前，魔獸看見他們即劍拔弩張，為首的將領想必是看到了死神和玲瓏有強大的太初正氣護體，就命令魔獸收起武器，有禮貌地說：「兩位大神雖是來自聖域的貴客，但魔域與聖域一向不相往來，貴客們，請回。」

死神面帶淺笑，語氣卻異常冰冷：「本神今天來此，是為了要帶走一個凡間嬰兒，她就是彩蝶公主的女兒。你交出嬰兒，本神立刻離開。」

「這……」那將領為難地說：「請稍候片刻，待本將先稟告大王。」

「好的，請儘快。」死神溫和地說，他從沒跟誰起過衝突。試問誰可以跟死神起衝突呢？他只要一揮鐮刀，你就死了，還可以起甚麼衝突。

王宮的大殿裏，希羅從魔鏡看見死神和玲瓏來訪，就問炎魔：「江離把那嬰兒放了在哪？」

炎魔答：「大王，在古堡八門金鎖陣的生門裏。」

「速抱她去給死神，別為了這個沒有價值的凡人，跟夜神一族有任何瓜葛。」希羅知道夜神一族亦正亦邪，法力高深莫測。死神與天帝同輩，別看他平時聲音清軟，溫文爾雅，他一旦發怒，日城將傷亡慘重。希羅剛為了巫忘與聖域大戰，雖然巫忘因生命之蓮突然開花，免於一死，但已經後會無期。他正意志消沉，所以無心再挑起任何爭端。

這時，那魔將剛好來到王宮門外，炎魔已經向牠迎面走去。炎魔交了一道令牌給牠，讓牠去古堡取那嬰兒。

城門外，玲瓏跟死神說：「伯父，您認為希羅會否無條件交出嬰兒。」

死神胸有成竹地答：「會的。希羅很了解夜神一族的力量，他絕不會為了一個凡人跟我們過不去。」說着，已經見那魔將抱着嬰兒走來，「妳看，來了。」

「兩位大神，請看是否這女嬰？」那魔將恭敬地說。

玲瓏抱了小公主過來，逗着她玩了兩下，這小公主以為見了母親，竟咧嘴嘻嘻笑了起來，玲瓏歡喜地說：「是她，沒錯。」

死神問：「妳打算如何安置她？」

「伯父，我已有主意。」

然後，她抱着嬰兒和死神瞬間消失。

他們來到一個山坡上。這兒正是乍暖還寒時候，到處冷冷清清，遠處有一座破舊庭院。

「這不就是真正的葵花山莊？」死神慨嘆，「它已經破落得不能住人了。」

「裏面剛好歇着一對遠行的中年夫婦，」玲瓏將一條有字的布條放進小公主的衣襟裏，然後整理好她的衣服，「那對夫婦青梅竹馬，非常恩愛，女的知書達禮，男的薄有才名，家有祖業，可惜註定無兒無女，十四年後家業散盡，感染疫症，雙雙歸天。」

「妳想交託小公主給他們？」

玲瓏點點頭。

「但十四年後他們家業散盡，感染疫症，雙雙歸天時，小公主如何是好？」

「那一年，小公主會遇上她的初戀情人，那個人會帶她離開家鄉，南征北討，成為一代英雄。」

「那位英雄是誰？」

「那位英雄出自項家。」

「破院內的那位公子，莫非姓虞？」

「正是。」玲瓏已經悄悄地將小公主放在庭院外，然後玲瓏和死神就一起隱身。

這時，一位端莊的夫人向大門走來，一個丫環跟在她身後。

小公主一離開玲瓏懷抱，就啼哭起來。那夫人聞聲而至，看見這個粉雕玉琢的小娃娃，歡喜得不得了，就抱起她，逗她玩了起來。小公主也感受到那夫人良善的心，開心地擺動雙手，笑了起來。

然後，布條從小公主的衣襟裏掉了出來。

那夫人交小公主給丫環，細看布條上娟秀的字：兵荒戰亂，夫死途中。感夫之愛，願追隨之。遺一女兒，望夫人善待撫養。天上地下，感恩保佑。

「唉！戰火無情，可憐孩子何辜之有？這婦人何其狠心。」她跟丫環說，「春鶯，帶孩子進去見見老爺吧。」然後，兩人帶着小公主進院子去了。

死神和玲瓏再次現身。

玲瓏依依不捨地聽着院子裏傳來的嬉笑聲。

但是，屬於歷史的東西，還是要交回歷史。

後來，虞姬和項羽的綺麗愛情被寫進戲曲裏，千古傳誦。世人譜寫的《霸王別姬》成了凡間送給夢神這次經歷的紀念品。虞姬自刎時流出來的血，化成了朵朵虞美人草，她也成了掌管這種花的花神。

「玲瓏，我們要功成身退了。」死神意念一動，他們已經不見蹤影。

《補天》一往情深

夜靜。

生命之池芳香馥郁，一朵盛開的金蓮花上，飄浮着巫珈睎的肉身。她被一股黃光包裹住，美麗的臉龐上覆蓋了一層薄薄的冰霜。她跟巫忘長得很像，但黃土依然可以很容易地找出她們的分別。

這對他而言實在太容易了，因為巫忘的音容已經鑄刻在他心裏。試問誰能比得上她的稀世俊美，絕代姿容？

光陰荏苒，寒暑交替，林花謝了春紅，冬神掃走了紅葉，但風雨陰晴任變遷，他對巫忘卻情心一往，堅貞不移。

「愛，不是佔有，是施予。能夠為所愛的人付出，是天地間最幸福的事情。」這是父親教導他的話。當年，父親偷偷輸了一半太初正氣給身為凡人的母親，只希望跟母親白首偕老。父親在遠古魔軍謀反的那一場戰役戰死沙場後，母親也因為心碎而亡。

在生命之蓮的保護下，巫忘此生是否可以逃過一劫呢？黃土不其然地看一看圍繞生命之池持戟而立的天兵，心裏悸動不安。

希羅謀反，歸順至尊天魔，成為魔域十王之首的事情，令到天帝進退兩難。當年，希羅為了得到巫忘的愛，急於要繼任天帝，所以魯莽謀反。天帝因此遷怒巫忘，想殺死她，但礙於風族及巫族的龐大勢力，只好放棄。後來，希羅擄獲巫忘，把她帶至魔界，以至尊天魔之血、魔法及迷幻藥草迷亂她的心志，更帶兵進攻聖域。這場戰爭奪去了巫忘的性命，連黃土也幾乎死在戰場。天帝不忍殺害希羅，令他有機會帶兵退回魔域，靜候反攻時機。

巫忘轉生後，希羅重施故技。結果，歷史重演，重複悲劇。

幸好寄宿於巫珈晞體內的生命之蓮及時開花，拯救了她。

但是，誰知道巫珈晞的肉身何時才會復活？

「黃土哥哥。」日觥溫柔地叫喚正陷入沉思的黃土。

黃土從思緒中回轉，低頭望向日觥。因為夜已深，所以日觥沒有穿戴盔甲。

日觥臉若銀盆，眼同水杏，脣不點而紅，眉不畫而翠，長得跟天后有八九分相似。她披散的長髮流瀉及腰，一襲無瑕的白綢長裙，腰間束了金龍皮帶，顯得身材更高佻。她嫵媚風流，但高貴不可侵犯；很美，但不柔弱。長年在烈日下鍛鍊武術，成就了她一身蜜糖色的皮膚和結實的肌肉。

「殿下。」黃土和日觥的感情很好，日觥雖然比他小，但他對她非常敬重，因為日觥宅心仁厚，總是扶助十方生靈。

「黃土哥哥，你又在思念巫忘姐姐了。」日觥望向巫珈晞，金色的瞳仁有了黯淡之色，「她前生因為父皇和皇兄而受苦、死亡，這次一定又增添了她心裏的仇恨。」

「殿下……」黃土欲言又止。

「嗯？」其實，黃土不說，日觥也曉得他的心事，她知道黃土一定在想辦法拯救巫忘，於是她先開口，「本宮奉命駐軍於此，巫珈晞一旦醒來，就要殺死她。可是，這事，你認為是否有更好的處理方法呢？」日觥心裏明白，天帝派遣她駐守這兒，其實也是想為這件事情的結果留有轉變的餘地。沒有人比她更懂父皇的心意，因為她不會怯於天帝的威嚴，而看不見他的仁德和對天地的承擔。

「殿下！您的意思是……」黃土感激地看着日觥。

「你懂本宮的意思。」日毓悄聲說。

這時，一名天帝派來的傳訊兵從走廊遠處跑來，日毓示意黃土暫時不要再說下去。

那名傳訊兵跑到他們一尺前，下跪說：「三公主殿下，陛下有旨，請接旨！」

日毓、黃土聞言下跪，那傳訊兵站起來，把聖旨交到日毓手上，然後下跪。

日毓接了過來，站起來，打開一看，立刻驚愕地看着黃土，黃土也心知不妙。

「父皇要本宮回去商討毀滅巫忘姐姐肉身的方法！」日毓說。

「這……如何是好？」

「父皇說，三顆生命之蓮已經全部開花。巫忘姐姐的神魂也強大到可以離開肉身出遊。必須及時殺死她，否則後果堪虞。」日毓說。

「殿下，求您救救鈴兒。」黃土霎時慌亂起來。

「本宮要去跟父皇商討，你速跟巫師哥哥想想挽救方法。」說罷，日毓跟傳訊兵快步離去。

不一會兒，黃土身後突然走出一個春風女神的白衣侍女，她雙手捧着一個銀盒子，站到黃土一尺前，屈膝行禮說：「殿下有一物交予隊長大人。」說罷，她高舉那個盒子。

黃土取過那盒子後，白衣侍女就安靜地退下。

空氣頓時凝固起來，天兵都屏息在監視着黃土手上的銀盒子。

在這種情況下，春風女神絕不可能會給黃土送來甚麼不該送來的東西。黃土也想到這點，所以他決定在監視的眼睛前打開盒子。

盒子開了。

「嚶嚀」一聲，一個金鈴兒在裏面滾動了一圈。是巫忘喜愛配戴的金鈴兒。盒蓋上有一張紙條，寫着：「池風東歸魂，甲盔藏情深。變雲風宮天，來人故雨風。」盒裏還有一塊天兵的金鎧甲碎片。

是甚麼意思？

天兵們看見字條上的內容不知所云，盒裏又是些無足掛齒的東西，以為春風女神只是送贈巫忘從前的小玩意給黃土，以慰他的相思之苦。大家都知道黃土、巫忘和希羅的往事。

黃土假裝出一臉滿不在乎，其實心裏很是焦急。春風女神究竟想告訴他甚麼事情呢？

黃土閉目思考半晌，這首詩勾起了一些回憶：當年，巫咸禁止巫忘和黃土相戀，因為他希望女兒嫁給希羅，鞏固巫王地位。有一段時間，巫忘被父親囚禁在高塔內思過，只能靠巫言傳遞她和黃土之間的書信。為了避免被父親發現這些書信的內容，黃土和巫忘偷偷約定了一種特別的表達方式。莫非春風女神早就知道了他們這個秘密？

於是，黃土再看一次那首詩。這次，他讀懂了裏面的意思。

黃土合上盒蓋，離開了生命之池。

寂靜。

生命之池的天空驀地失去僅有的光。

十方一片漆黑，伸手不見五指。雖然現在是黎明前最漆黑的時刻，但這離奇的黑，卻很異常。

電光一閃，雷聲隨着擊下。雷電交擊，盡打在巫珈晞身上！

天上風起雲湧，赤龍將軍和天兵驀地顯現。生命之池持戟而立的天兵忙忙下跪。

赤龍將軍一揚手持的天雷塔，又是電光一閃，重雷一擊。

包裹巫珈晞的淡黃光芒被攻擊得稍為褪色，她的身體輕輕地震盪起來。巫珈晞的肉身一旦被毀，她的神魂就會因不能吸收生命之蓮的力量而變得脆弱，容易被殺害。

所以，天帝要滅巫忘，就要先毀掉這個肉身。他本想看看有否其他解決方法，可惜至今仍苦無良策。他知道日觥對巫忘深感同情，所以故意引開日觥才動手。

赤龍將軍和天兵們朝巫珈晞再發出重重一擊。

但是，一個人影突然橫飛而出，整個撲在巫珈晞身上。那人背向赤龍將軍和大將們，姿勢如大鵬展翅，他張開的雙手發射出強大的力量，包裹住巫珈晞，化解了對手的攻擊。

赤龍將軍說：「巫王大人，請讓開！陛下有旨，對巫女殺無赦。」他準備與眾將一起再次攻擊。

「赤龍將軍！手下留情。」他祈求。他並無意對抗天族，他只希望拯救妹妹性命。

赤龍將軍說：「巫王大人，恕難從命。陛下要臣以此天雷塔擊殺巫女！」

赤龍將軍正要使出法力時，不知從哪兒傳出了甲蟲拍翅的聲音。隨即，千萬隻魔甲蟲如鬼魅、似幽靈般，漫天飛舞。

剎那間，雙方都大感驚愕。大家眼見一大群魔甲蟲飛撲而來，竟不知閃避。等到他們驚覺危機時，縱要閃避，已經來不及了。魔甲蟲變成了一支支冷箭，直插將士們的身體。牠們的尖嘴一鑽，就整隻鑽進了將士們的身體裏，令他們紛紛發狂。

魔甲蟲是至尊天魔的武器。當初，至尊天魔以血變出十隻魔甲蟲，然後，牠們不斷繁殖。牠們似有實體，其實是液體。一般魔甲蟲的魔血，力量雖然微弱，但如果任由它在體內游走，一旦走進腦部，就會令宿主發狂。

不過，魔甲蟲一向在月之國的幽靈森林聚居，這是聖域的生命之池，魔甲蟲應不可能在此出現。魔甲蟲喜歡親近邪魔，因為邪氣可以助牠們繁殖。巫珈晞體內雖有魔血，但是它受制於生命之蓮的正氣，不可能吸引到魔甲蟲來此繁殖。除非，有人帶來了第一隻魔甲蟲，而巫珈晞的邪氣又正在增強。

那麼，究竟是誰帶來了第一隻魔甲蟲呢？

眾將士驚駭地揮動武器亂打，可是魔甲蟲可以隱身，行蹤難測。

因為形勢突變，所以赤龍將軍下令：「撤退。」眾將士連忙撤退。

這時，巫族七位長老一起衝出來，帶走護妹心切的巫言。

頓時，生命之池只剩下魔甲蟲和巫珈晞。下一刻，連魔甲蟲也消失無蹤，只剩下死般的寂靜。

一會兒後，巫言重回到池邊，察看妹妹的情況。

總算渡過了一劫，但聖域的秩序已被擾亂了。不管是誰帶來了魔甲蟲，天族也會怪罪巫族和風族。

目睹了剛才那恐怖的一幕，悔疚已經充滿了林書賢的心。他神色複雜地看着巫珈晞，此刻，她頸項內那滴魔血綠得更暗及濃烈了。

自巫珈晞在生命之池等待重生開始，林書賢就不斷搜尋保護她的方法。有一天，他在翻閱《上古生物剖析》一書時，看到關於魔甲蟲的記載：「至尊天魔的血所幻化。牠必守護魔血的主人。聚居於月之國的幽靈森林。」

「牠必守護魔血的主人。」他全神貫注地看着這句話。可是，幽靈森林被常羲女神封印了，裏面住了曾經叛變的半神人和魔物。聖域居民禁止出入。如果他鋌而走險地犯誡進去取魔甲蟲，一旦被捕，就會禍及巫師一族。

去？還是不去？

他心裏踟躕，一直未有任何行動。直到遇上了那個機會。

有一天，巫言傳召他到巫師總部，在總部的天台上，跟他說：「九長老，人間女孩陳子君剛住進了一座海濱小屋，小屋附近有一個森林。前天，世界樹剛好飄移到這個森林，恐怕追蹤陳子君的魔王也會發現世界樹的結界。世界樹裏有各個地方的出入口，陳子君一旦誤闖了進去，可能會給三界帶來禍害。而且，根據過去發生的諸多事情，已經確定陳子君和鈴兒必定有些淵源。」

「難道她會是另一顆生命之蓮的主人？」林書賢猜測。

「也許是。」微風吹起巫言及肩的烏髮，「鈴兒現在雖然有生命之蓮保護，惜一旦甦醒，一顆生命之蓮可能不足以助她抵抗整個天族的攻擊。假如三顆生命之蓮都開了花……」

沉默，誰也不敢再說下去。

「我只召見你，你應該了解原因。」巫言琥珀色的眼眸看着林書賢，柔和的目光傳遞了無限諒解，彷彿已盡知林書賢的心事，林書賢霎時紅了臉、低下頭，巫言收回視線，轉頭望向遠處葵花滿地的山坡，「大長老叛變後，在集團內加插了很多密探，我至今仍未知道他們的確實數目，所以一切行動都要加倍保密。這次事關重大，我打算只跟你暗中前往。」

於是，他和巫言一起前往陳子君住的海濱小屋，到達時已是深夜。他們先進入世界樹的結界了解狀況，因為裏面應該有一條通往無人島的通道。

不出所料，他們果然在森林中找到一條通往無人島的通道。巫言為了確保無人島的安全，在它的四周下了重咒，封印了整個島。因此外人即使找到通道，也進不了無人島，只能在它沿岸的海上徘徊。而世界樹是聖域重地，它有出入不同地方的通道，為了不被魔域之民利用，故世界樹的守護神——時間鐘在每個通道的門口都下了咒語，只有她和知道解封咒的聖域中人才可以解咒。

在做古代巴國的國師時，世界樹剛好飄移到附近的絕情林，巫言去了探望時間鐘。大家相談甚歡，所以時間鐘把無人島通道的解封咒告訴了巫言。

黎明，巫言和林書賢回到海濱小屋時，陳子君已經不在別墅裏。但是，別墅裏的氣流翻湧，可見世界樹的結界已經出現了異狀。

巫言閉目偵測氣流的流向，半晌，說：「世界樹的結界有異常狀況，我感應到一股邪氣，它正在攻擊世界樹的正氣。邪氣也影響了這一帶的穩定性，說不定魔軍會在附近出沒。我們要小心戒備。」這時，窗外突然掠過一抹黑影，巫言驚愕地說：「蚩尤的幽靈軍！你留守這兒，我追出去看個究竟，世界樹絕不能陷入天魔之手。」說罷就不見蹤影。

林書賢在別墅裏到處搜查，希望多了解那兒的氣流，嚴防被魔軍入侵。

這是一座兩層高的海濱小屋。它的下層有主人套房、客廳、飯廳、廚房，林書賢沿着木梯級走上二樓，二樓有客廳、飯廳、廚房，還有一個套房。他推開套房門，裏面竟然甚麼都沒有。

不，其中一堵牆上有一面長方形大鏡子。這面鏡子約十尺高，四尺濶。林書賢走到鏡子前，目測它的狀況，看了一會兒，覺得它並沒有甚麼不妥，就決定離開。

關門前，他的眼角再瞟了那鏡子一眼。關上房門後，回想剛才的情況，卻覺得有點兒古怪：剛才鏡中的影像好像有點兒不妥……

於是，他再次打開了門，走到鏡前。

「這……」鏡中，沒有林書賢的影像，卻見巫珈晞正看着他微笑。真難以置信，林書賢禁不住輕喚：「珈晞！」

巫珈晞微笑着向他招手。

「珈晞！」林書賢走近所愛的人，他多麼渴望能待在她身邊。

這個影像，勾起了林書賢內心的千般思念。

林書賢伸手去觸摸鏡中人的手。豈料他的指尖一碰到鏡面，它就像水般化開，形成一個向外擴散的漣漪。漣漪的中央突然釋出一股吸力，把林書賢的手吸了進去，接着，他竟整個人被拉進鏡子裏去。

「放手！」林書賢猛地摔開一隻手，轉身想穿過鏡子走回房間時，卻「咚」的一聲，被玻璃撞個滿天星斗。

「你還好嗎？」那個拉他進來的人關切地問。

林書賢快速轉身，順勢揮拳向那人的頭部打去。

頭呢？林書賢打了個空。他定睛一看，沒有頭！

是鬼？不，是一個左手拿着人頭的人。他織了樹葉做衣裳，腰繫一條綁了很多夜光石的褐色樹籐。夜光石發出的幽幽綠光映照在他身上，剎是嚇人。不過，這又怎會嚇倒巫師集團的九長老呢？

「夏耕？這是甚麼地方？」林書賢滿有威嚴地問。他一生下來，就要開始接受繼任九長老的教育，聖域的歷史當然是必修科，所以他一眼認出半神人夏耕將軍。這個幽靈森林的監獄守門將軍，因加入了遠古時代月之國半神人的亂軍，企圖推翻常羲女神的統治，結果被砍去頭顱，一直在幽靈森林遊蕩。

「這是幽靈森林。」夏耕答。

果然是幽靈森林。

因為夏耕被禁足在幽靈森林，所以不知道外界的情況和林書賢的身份，「我剛才明明拉着『她』的手，為甚麼進來後變成了你？」夏耕難過地說。

「『她』？」莫非是指巫珈晞？莫非夏耕剛才也看見巫珈晞在鏡子裏向他招手？林書賢問，「夏耕，你口中的『她』是不是一個有琥珀色雙眸，深褐色卷髮，五官標緻的少女？」

「就是她！她長得很漂亮，而且可以用絲帶幫我把頭和身體二合為一。」夏耕突然哭喪着臉，「因為森林大火，我在逃生時，不小心給大火燒掉了那條絲帶。所以我很思念她，坐在這兒看着鏡子裏的她，希望她會再來，再送我一條絲帶。你有沒有那種絲帶，好心給我一條吧！我可以達成你一個願望來交換。」

林書賢心想：那條絲帶一定是精靈們給珈晞的衣物。精靈織製的物品都有法力。他再次看一看那面鏡子，嚇然見到巫珈晞穿着月之國服飾，又再在鏡中微笑地向他招手！

他問夏耕：「這面是『夢魘山洞』裏的魔鏡嗎？」

夏耕坐了下來，把頭放在大腿上，說：「你真聰明，又猜對了。」

「傳說這面魔鏡能夠讓人看見夢想成真的畫面，卻沒聽說過它是一條時空隧道。」林書賢覺得一定有些甚麼事情發生了，才令它轉變了力量的本質。

「這面魔鏡曾經被那小姑娘打破過。當時，她為了救朋友而用夜光石打破鏡子，弄得手都受傷流血了。後來這鏡子的碎片竟自己一塊一塊地跑回原位，連裂痕都越來越淡，有時也會浮現小姑娘的影像。剛才，它又突然浮現了小姑娘的模樣。而且她的手腕上還多了一條綠絲帶，我以為她要送給我，就伸手去取，誰知卻『取』了你出來。」

林書賢聽罷，仔細地看鏡子，發現鏡面果然有很多條淡淡的裂痕。這時，他也發現巫珈晞向他招手的那隻手，手腕上的確縛了一條綠色的絲帶。剛才，夏耕一定是伸手想去取她手腕上那條絲帶，誰知那隻手卻穿過鏡子，抓了林書賢過來。

這時，山洞的暗處突然飛出了幾隻黑色昆蟲，牠們繞着夏耕的鼻子飛，惹得夏耕想打噴嚏，於是他用手撥開牠們，「不要來招惹我，我很煩惱。」

林書賢伸手捉了一隻，驚呼：「魔甲蟲！」

「這些小東西平時都在死亡沼澤那邊活動的，今天竟跟隨我跑來這兒遊玩嗎？」夏耕也伸手捉了一隻來玩。他拿着魔甲蟲的翅膀，粗魯地上下擺動，然後呵呵大笑起來，弄得那魔甲蟲八隻腳不停地凌空掙扎。牠掙扎了一會兒，就突然隱形了。

「你休想逃。」夏耕滾圓了眼睛，一臉童真地說，雙手仍然粗魯地上下擺動，不消一會兒，那魔甲蟲又現出原形來。夏耕兩手霎時一放，牠就跌在地上，想必是給搖昏了頭。夏耕樂不可支，他真是越活越年輕，像個老頑童似的。

他平日悶得慌，就常到死亡沼澤捉魔甲蟲來玩，就像小貓愛玩弄蟑螂那樣，簡直就是樂此不疲。所以，魔甲蟲見到他都隱身躲藏起來。

林書賢心想：魔甲蟲為甚麼會跑到這兒來呢？他回想剛才夏耕說的話，想起了最重要的一句：巫珈晞打破鏡子時割破了手，流了血。

血。

《上古生物剖析》寫道：「牠必守護魔血的主人。」

巫珈晞的體內有魔血。她打破鏡子時，鏡子沾了她的血，魔性就轉變了。這鏡子變成了巫珈晞的分身，魔甲蟲才會追逐魔血而來到這兒。

既然鏡子是巫珈晞的分身，那麼，它就像一部追蹤器，可以追蹤到巫珈晞的位置。莫非它也可以連結所有思念巫珈晞的生物？林書賢和夏耕才會因為思念巫珈晞而打通了一道鏡子時空隧道。

那麼，這面鏡子也可以帶林書賢直達聖域的生命之池，因為巫珈晞的真身在生命之池。

如果那兒有鏡子，林書賢就可以從這兒跨越過去。

可是偌大的生命之池只有蓮花萬朵，灩灩池水。池上的迴廊，除了持武器而立的天兵外，別無一物。

這時，一隻肥壯的魔甲蟲朝林書賢飛來，他立即變出一個銀色的小匣子，又向魔甲蟲唸了定身咒。牠便僵直地掉進銀匣子裏。林書賢再向魔甲蟲唸了隱形咒，盒子裏隨即空無一物，只剩下偶然拍翼的聲音。

「你為甚麼要帶走一隻魔甲蟲？」夏耕竟站在林書賢身後，聲如洪鐘地問。

（糟糕！）

林書賢暗叫不妙。

一旦夏耕把這事傳揚了出去，不但他罪無可恕，整個巫師集團也會被牽涉其中。他轉身打算胡亂扯個謊，然後把魔甲蟲放了。但當他看見夏耕拿着頭的模樣時，忽然靈機一動，說：「夏耕，如果你可以為我做一件事，我就幫你把頭安放回去。」

「好啊好啊！甚麼事情我都可以答應。」夏耕歡喜得立刻舉起自己的頭，「快快快，快把它放回去！」他的大嘴興奮得大叫。

「我把你的頭安放回去前，你必須答應為我守一個秘密。」

「甚麼秘密？」

「我到這兒取走了一隻魔甲蟲的秘密。」

「不行不行！你到過這兒是一個秘密，取走了一隻魔甲蟲是第二個秘密。你不可以這樣欺負我。」夏耕撒嬌的語氣真教林書賢受不了。

但林書賢知道夏耕並不是在討價還價——他的確是這樣想，所以林書賢只能夠選其一。他細細思量，計算兩者孰重孰輕，半晌，說：「你不得告訴任何人，我取走了一隻魔甲蟲。」

「好！我接受這宗交易。」夏耕已經把頭放到正確的位置上。

林書賢從襯衣撕下了一條布條，向它唸了回轉咒後，那條布條就自動圍住了夏耕的脖子，將頭和身體二合為一。

這時，鏡子裏傳來一把關切的聲音：「九長老，你在嗎？」巫言在鏡的另一端叫喚。

「主席大人，我穿過鏡子，被拉進了幽靈森林。現在不知道如何穿越鏡子回去。」林書賢對着魔鏡大喊，鏡子裏的巫珈晞仍然在向他微笑揮手。

夏耕愕然地說：「原來你是巫族九長老！」

林書賢瞪着夏耕，他即噤若寒蟬。

鏡的另一端沉默半晌，巫言說：「你站在鏡子前，我唸咒拉扯開一條時空隧道，伸手拉你回來。」

夏耕的大眼看着林書賢。林書賢示意他別發出聲響。

夏耕當然知道事情的嚴重性，所以他也鄭重地點頭。

「拉着我的手！」巫言的聲音再次劃破時空而來，他的右手也衝破鏡子而出。

林書賢立即拉着巫言的手，一頭衝進鏡子裏去。不消一秒，他的左手和頭已經從海濱小屋的鏡子凸出來，然後是右手、上身，最後他一躍而出。

林書賢一離開鏡子，巫言就用法力封印了鏡子。鏡中的巫珈晞霎時消失，然後像發生了爆炸般，整面鏡子碎裂了。

「時空變得不穩定，令這面鏡子無端變成了時空隧道。巫珈晞的影像在鏡中出現，令你去了幽靈森林，可見她的法力影響着這座別墅……」巫言突然不再言語，彷彿怕說出來的話會被人偷聽了去似的。

巫珈晞的法力影響着這座別墅！

林書賢知道，這話的弦外之音是：巫珈晞正在附近，她的神魂已經強大到可以到處出遊。

那麼，天帝一定會很快採取下一步行動。林書賢已經不敢再想像下去。他心裏盤算着：如何儘快把魔甲蟲送去生命之池？

終於，他等到了一個好機會：從海濱別墅帶了陳子君回去無人島後，巫言叫他一起去一趟生命之池，看看巫珈晞的狀況。因為他從被催眠後的陳子君口中，確定了巫珈晞的神魂已經可以離開肉身，到處神遊。不僅如此，她的力量還頗強大。巫言怕天帝得知此事後，會加害巫珈晞的肉身，決定加緊監察，力保她的安全。

去到生命之池，巫珈晞仍然安詳地睡着，長而卷曲的睫毛連抖也不抖一下，安穩得宛如在母親懷抱裏酣睡的小孩子。

「珈晞！」林書賢的心如亂敲的鼓。自從那天跟巫珈晞在學校的籃球場一別後，他們至今才得以這樣見面。在冥界假裝擺渡人時，大家只聽到對方的聲音，無緣「見一面」；在銀河跟魔王對戰時，林書賢的巫師軍團在後方戰鬥，只能遠遠地看着巫珈晞的身影在半空中被楊戬刺死，直墜下來的情景。當時他悲痛欲絕，但又能怎樣呢？

這次他無論如何也要救巫珈晞。

於是，他趁巫言出神地看着巫珈晞時，悄悄地走開，至生命之池另一端的池邊，打開了口袋裏的銀匣子，唸了鬆身咒，讓隱了形的魔甲蟲飛了出來。

沒有人看見魔甲蟲，只是有天兵偶然聽見微弱的拍翅聲，他們都誤以為是輕風吹拂生命之蓮發出的聲響。

林書賢就這樣神不知鬼不覺地把一隻魔甲蟲帶進了生命之池。他想不到此舉犯下了彌天大錯。

生命之池本來是天地間最純淨的地方，是眾神的出生地，一旦被魔甲蟲污染，從此就不能再孕育天神。所以，巫珈晞會因此不能進化成天神，也可能永遠不會甦醒過來。

巫珈晞的體內有魔血，所以魔甲蟲不但不會傷害她，反而會保護她。剛才，魔甲蟲的確沒有傷害巫珈晞，而且在危急關頭保護她。可是，牠們似乎也助長了巫珈晞的邪氣。

出於愛，林書賢冒險從幽靈森林帶出了一隻魔甲蟲，千方百計帶來了生命之池。他並不是要禍害聖域，他只想保護所愛的人。

他愛巫珈晞，愛那個淘氣可愛的巫珈晞。

懂得愛的人就能明白，林書賢的愛跟黃土對巫珈晞的關愛，是有天淵之別的。

大家都關心巫忘，又有誰真正關心過巫珈晞的生死？

巫珈晞那短暫的一生，即使只有十四年的歲月，她也有自己的悲喜愛惡，憑甚麼就不必重視呢？

他為巫珈晞所做的，難道錯了嗎？

如何補救呢？林書賢茫然地站着。

《補天》
媧皇補天

「啪」的一聲，巫忘那個結界的暗紫色天空給刺穿了。哮天犬從天而降，楊戩緊隨其後，他身後還有一隊天兵天將。在濃濃夜色裏，他們降落到蘆葦小屋前的草地上，像準備吃掉小豬的大灰狼。楊戩手一揚，小屋的屋頂已經被吹走，屋內的陳子君和采園仍在夢裏，因為他們中了楊戩的沉睡咒語。楊戩一招手，他們僵直的身子就飄浮上半空中，然後朝着楊戩的方面飄過去。

這時，巫忘霎時出現在楊戩身後，她衣袖一揚，手上的劍已架在楊戩咽喉上。哮天犬向着巫忘怒視狂吠。巫忘覺得牠煩厭極了，她大吼一聲，一陣金色狂風隨即將哮天吠和天兵天將吹到數百丈外。

楊戩不作聲，雙手卻準備作出反擊。巫忘感覺到他的氣場在動，立即舉劍先發制人，想割斷他的咽喉，誰知楊戩為了逃命，竟手握劍刃，把劍推開，轉身逃了出去。巫忘拋出寶劍，那劍即變成金色的網，網住楊戩。他在網中掙扎，大叫：「巫女，陛下已經派人去毀妳肉身，妳必死無疑，最好乖乖就擒。」

巫忘聽罷，怒火上湧，大吼：「必死無疑？哼，我就直闖天宮，看誰活得長！」然後，她帶着沉睡的陳子君和采囷一起直衝天宮。

天帝為怕巫女聯同魔兵來偷襲，早已派遣五位天龍將軍把守聖域：赤龍將軍守東面、青龍將軍守南面、白龍將軍守西面、黑龍將軍守北面，黃龍將軍守住中央的天宮。各族領袖都帶兵守衛自己的領域。其他天神則守在天宮的保護罩內，準備隨時以神力修補保護罩。

天宮的中央有一所正氣殿，宮殿的大廳供奉着一顆五色石。這是母神煉石補天時，剩下來的。當年，水神共工撞斷一條天柱，以致天崩地裂，母神為了補天，煉了三百六十六塊五色石。最後，她只用了三百六十五塊。剩下的那一塊，交予天帝保管。它的神力為天宮形成了一個保護罩，護佑天宮。正氣殿的東廂躺着天帝一生至愛——天后。天后在生下日毓後，一直沉睡至今。天帝讓她在這兒吸收五色石的神力，盼她早日醒來。

天后為何會忽然昏睡？千萬年前，天后懷了三公主，五百年後，她的腹部金光閃閃，胎兒終於作動，眾神仙都說這是奇胎，充滿了混沌之時的正氣。可是胎動一年，仍然不能順利生產，把天后折騰得死去活來，群醫也束手無策。天后這年不能帶兵，聖域頓失一名領軍大將。

這天后並不是普通天神，她是月之國常羲女神的獨生女兒。聽說有一年，常羲女神去了探望春風女神，她們散步到生命之池時，忽然聽到仙樂飄飄，池裏一朵金蓮花霎時盛開，發射出萬道金光。那金光飛舞了一瞬間，就全數飛進常羲女神的肚子裏。

常羲女神就這樣懷上了天后，一懷八百年，有一天，她的腹部突然金光閃閃，一名全身華彩的女嬰從女神腹部鑽了出來。隨即，月宮金光護頂，照耀十方，金光更直射天宮，與天宮裏那五色石的光芒互相輝映，五百年方散。眾神仙對此嘖嘖稱奇。

天后長大後，雖文采出眾，卻更喜練兵習武，而且氣力奇大，愛舞大刀。她也長得嫵媚風流，絕色豔冠群芳。天帝對她一見傾心，苦苦追求多年，方得下嫁。天帝投其所好，下聘之時，其中一份聘禮就是一把由首山之銅鑄造的鳴鴻刀。下嫁天帝後，她帶領自己操練的精銳部隊，守護聖域，戰無不勝，令魔軍聞風色變，給聖域帶來和平繁榮。

不過，魔域十王沒有放棄入侵聖域，所以待天后臨盆之時，全軍趁機出動來偷襲。魔軍攻勢凌厲，圍困天帝，還把聖域的保護罩給弄破了一個洞，十王之首——雪妖領兵攻入天宮，直迫天后待產之處。年少的希羅負責保護母后，奮勇跟魔軍對戰。但希羅很快就不敵雪妖，被他的邪氣所傷，天后見情勢不妙，勉強下牀，手持鳴鴻刀出征，拼死守護聖域。

當鳴鴻刀擊退魔軍，把雪妖劈成粉碎時，天后也力竭倒下。這時，天宮裏的五色石華彩閃爍，光芒包裹天后，生命之池突然射出一道金光，與五色石的華彩融為一體，保護天后和胎兒。日毓順利出生，通體閃耀金光，三百年方散，而且所有照料她的神仙，心裏都會感到幸福，並事事幸運。但天后用最後一口氣生產日毓後，就沉睡至今。所以，天后並未知希羅加入魔道，代替雪妖成為十魔之首，也未見過日毓一面。

這時，天宮裏，五色石的光芒突然像天后出生時那樣閃動起來，不知道是不是老眼昏花，神醫恍惚看見天后的眼皮跳動了幾下。

保護罩外，巫忘來到了天宮上空，陳子君和采園則飄浮在她兩側，三朵生命之蓮的金色力量互相牽引着，發射出一股力量。

三公主穿過天宮的保護罩昂首而出，準備迎戰。巫忘一看見她，立即牽引太初正氣攻擊。暖風一飄，氣流已透過她的掌心，毫不留情，直接重重地擊向三公主。三公主即發出一掌迎擊，幾招過後，力量仍然不相伯仲。三公主本無心傷害巫忘，故處處留手，刻意閃避，但巫忘沒有看見三公主的苦心，卻招招凌厲，欲置她於死地。最後，在三公主轉身閃避時，巫忘找到了時機，以尖矛似的太初正氣，從背後偷襲，刺進了三公主的的心臟，她隨即口吐鮮血，仰天倒了下去。

「殿下！」天眾驚呼。黃龍將軍和守衛隊衝向三公主保護她，另外四位天龍將軍帶領部隊衝向巫忘三人。

天宮裏，天后的身體金光閃閃，五色石的光芒和金光融為一體，再注入天后體內。不一會兒，天后睜開眼睛，坐了起來。她閉目感應風的流動，知道戰火正在燃燒。

在眾神仙一致驚訝不已時，天后嚴肅地說：「除了宮女，全部退下。」眾神仙忙行了下臣之禮，退了下去，幾個宮女趨前下跪，天后說：「取盔甲來。」宮女立即去取。

天后穿好盔甲，右手一動，放在附近的鳴鴻刀已被吸取了過來，她用力握着刀柄，說：「老朋友，我們又要並肩作戰了。」說罷，就持刀大步踏出宮門。

保護罩外，巫忘淒然地笑着。所有射向她的武器都給金光反彈回去，所有想接近她的天兵天將都給金光彈走。

巫忘笑着，但她並不開心，雖然這生死遊戲終於由她來主宰了。

前生，她因為希羅失去了所愛，更死在天帝劍下；今生，巫珈晞也不得善終；來生，天帝已經駐軍在生命之池……

即使希羅是因為巫忘一時衝動的任性話而興兵謀反，這個罪也不應由她一人來承擔！那時候，她怎知道一句話會帶給天地這麼大的禍害？她也只是年少無知，為何不可以原諒她？

三公主死了，巫忘並不開心，她並不想殺死誰，尤其不想傷害宅心仁厚的三公主。可是，她還可以如何做呢？

巫忘很痛苦，痛苦得甚至想哭，已經一錯再錯，不可以回頭了！

天地間，有誰可以給她一條回頭路，幫她修補一切，讓她回家？

已經回不去從前了！她已經犯下了彌天大錯，不可能回頭，只能夠繼續錯下去。

生命之蓮在她體內開了花，讓她獲得永生，如果輸了，她的神魂就會受到永無止盡的折磨。與其這樣，她寧可給太初之氣碾碎。

巫忘抹掉跑出眼眶的淚水，看着前方的軍隊。

這時，天兵天將決定改變攻勢，集中所有兵力去攻擊陳子君和采寗。他們倆的力量比巫忘脆弱許多，天兵天將可以靠近他們作近身攻擊。

黑龍將軍命令：「切斷他們和巫女的連繫！」於是，千萬支武器直劈他們連接巫忘的那條黃金力量線。

三角力量開始變得不穩定。天兵天將視死如歸的猛烈攻勢，進一步削弱了三人組合的太初正氣力量。

這時，天帝從保護罩裏走出來，厲聲說：「妖女，竟敢在此放肆！」

他一瞬間就到了黃龍將軍身旁。

「皇兒……」天帝擔憂地看着三公主，他呼喚愛女，但是三公主沒有回應。不過，天帝細心一看，三公主眉心處的一點金光還在，表示她把神魂封印在體內。三公主畢竟身經百戰。即使巫忘這一擊來得極快極狠，並擊中要害，她也能在倒下前，本能地封印神魂。這是天神自救的方法，只要神魂不散，一天之內得到同等級或更高一級的天神以太初正氣相救，就可以很快復元。

天帝立即扶起三公主癱軟的身體，毫不猶豫地給她注入太初正氣，串串金光從天帝的掌心注進三公主體內，三公主的呼吸立即暢順起來。

「不可能！這怎麼可能？」巫忘憤然大喊，她發動攻擊，集中所有力量，以金光射向天帝。天帝立即做出保護罩，保護自己和三公主。這個時刻，不能有差錯，否則會令三公主的經脈大亂，傷得更重。

五位天龍將軍和將士合力還擊，但是巫忘三人組閃避了將士的攻擊，到了天帝附近，發動進攻，天帝只好一手為日龢療傷，一手射出強大力量招架。這刻，巫忘全心全意地進攻和閃避，天帝顯得兩頭難以兼顧。但天帝是戰場老手，很快就看出巫忘三人組合的弱點。於是，他連發兩掌，一掌擊中陳子君，一掌擊殺采園。他們雖有生命之蓮和太初正氣護體，但畢竟只是凡人。天帝是女媧之子，力量純正，修煉千萬年，方得今日的正果。即使現在身陷困境，要除去區區兩個凡人，仍綽綽有餘。

陳子君和采園各受了一掌後，立即噴出一口鮮血，黃光減弱，也斷開了跟巫忘的金色連繫，各自彈向不同的地方。黑龍和赤龍將軍立即各自衝向兩人，以羅剎網困住他們。

「可惡！」巫忘憤怒大喊。她的神魂開始虛弱，這是駕馭太初之氣要付出的代價。

太初之氣是強大的力量，它就像熊熊烈火，如果讓這力量進入體內，它會助你燃燒一切，但最後也會連駕馭者一併燒掉。這就是火的特性，不管正氣，還是邪氣，都一樣。

巫珈晞的肉身，仍處於人和天神之間的狀態，所以限制了神魂的力量。

太初正氣的力量太大，令巫忘開始神智不清，從前很多不愉快的回憶反而清晰地浮現出來。悲憤的情緒也隨之濃烈起來。這時候，巫忘的咽喉閃出了一點暗綠的光點。這是至尊天魔的邪血，炎魔把它放進了巫珈晞的體內，目的就是要深化巫忘的怨念，引她入魔。

至尊天魔生於太初邪氣，是魔域之帝，他沒有特定形相，以人的心為獵物，所以也有人稱他為心魔。

我們在甚麼時候最容易被邪魔入侵呢？當然是在最脆弱，最不理智的時候。

巫忘的心給邪血干擾了，仇恨如滿溢的潮水，嘩啦嘩啦地湧上來，完完全全填滿了她的心。這時，她頭頂上的天空裂口裏，綠光變得波濤洶湧，如衝上海岸的潮汐，但是它像被一片玻璃阻隔着，不能跑到聖域的天空。

巫忘內心湧起的怨恨，在邪血的推動下，增強了復仇之火。天空倏地破裂了，綠色邪氣一股腦兒地衝向巫忘，並結合了至尊天魔的邪血。空中同時出現了成千上萬隻黑色魔甲蟲。

巫忘的意識更模糊了，邪惡力量充滿了她的神魂，她雙手一張，千萬支綠色長矛已狠狠地射向天帝。

天兵天將們迅雷不及掩耳地騎着天馬衝過去圍住天帝和三公主，阻擋住長矛和魔甲蟲。片刻間，已經兵傷馬倒。這邪氣跟正氣不同，它充滿了恐怖殺戮的渴望。

這時，三公主感覺到天帝散發的溫暖，彷彿太陽的光芒，又如熔爐裏面燃燒的火，帶給她熱度。她在游離狀態中，看見父親站在天宮中央的最高點。父親面對太陽而立，雙腿撐開，手臂抱在胸前，動也不動。這時，太陽幾乎觸及遠方厚厚的雲層。三公主走上前，站在他身後，一同看着太陽。

三公主睜開了眼睛。清醒了，但仍然動彈不得。

綠光包圍了巫忘，天兵天將一靠近她，就被一股黑暗力量和魔甲蟲襲擊。

巫忘的執念是帆，太初邪氣如張滿帆的風。風吹帆動，魔甲蟲也在隨風舞動。巫忘已經幾乎完全失去意識，只能任風擺佈。

多位在天帝身邊護主的將領都受了傷。在邪氣和魔甲蟲衝向天帝和三公主的最後一秒，一股金光從天帝手中射出，跟邪氣對抗。

巫忘脖子上的綠點突然變大，令她的頸項完全變了暗綠色，綠色更從頸項開始上下擴散，包裹了她。巫忘抱着頭尖叫，感到痛苦極了。

「糟糕！邪氣和魔血呼應，決定吞噬巫女的神魂，將她變成一頭邪魔。」天帝臉色大變，他先以正氣護住三公主的神魂，然後手一揮，三公主已經在一匹天馬的馬背上，「黃龍將軍，速帶三公主回去天宮療傷。青龍赤龍白龍黑龍四將，重整軍隊陣形，包圍巫女，戰鬥！保衛聖域！」

黃龍將軍立即牽着天馬，縱馬回天宮。

巫忘雙目無神，邪惡地笑着，魔甲蟲圍繞着她飛舞。她頭頂裂口裏的黃光被擠壓得越來越少。

邪氣從巫忘的身上射出來，一些接近她的天兵天將都給邪氣附體，開始倒戈攻擊同伴。

天帝向巫忘直衝過去，邪氣立刻攻擊他，但他有黃光護體，邪氣一時間也攻不進去。

必須要快。時間越長對聖域越不利，於是天帝從掌心發出閃電金光，修補了天空的裂口，又用金光狠狠地刺穿巫忘的頸項，射散了那個綠點的核心。黃光從這核心推擠出來，但那邪氣卻仿如毒蛇，狠狠地纏繞住巫忘，勒得她的神魂四分五裂，散開的部分漸漸與邪氣融合在一起。

在巫忘快要魂飛魄散時，一個穿着金盔甲的士兵突然衝入邪氣裏。邪氣的力量立即壓碎了他的盔甲，吸血鬼般吸食着他的太初正氣。

他是黃土！原來他早就混入了天兵天將之間。因為春風女神給他的字條寫着：「池風東歸魂，甲盔藏情深。變雲風宮天，來人故雨風。」應該倒轉來讀：「風雨故人來，天宮風雲變。深情藏盔甲，魂歸東風池。」所以黃土知道巫忘會再臨天宮，帶來戰爭。他趕到天宮，取出銀盒子裏那片金鎧甲碎片，它一離開盒子，就變成一套天兵所穿的盔甲。黃土穿上這身盔甲，混入天兵之間，伺機行動。

這刻，黃土隻身坦露在邪氣裏，不顧自身的安危，使出所有力量收回巫忘的神魂，然後用太初正氣包圍她。巫忘彷彿聞到一股帶薄荷香氣的氣息，感到神魂被固定住。黃土不斷地輸太初正氣給半透明的她，直至她雙目微張地看着他時，他已經很虛弱。

他擁抱巫忘似有若無的神魂，輕撫她的臉頰，蒼白地淺笑着說：「鈴兒！為了我，好好地活下去！」他給她深情而短暫的最後一吻。在這永別的時刻，他的星眸宛如看見那遙遠的銀河。

他們正在矢志盟心，祈求能「執子之手，與子偕老」。

霎時一陣狂風起，吹落了滿天星星。黃土滿目盈盈星海，不慎墜落了一臉星兒。星兒聚成了一個憂鬱的深潭，他沉落潭底，不能自拔。

巫忘虛幻的雙手環抱着黃土的脖子，她抬頭只看見一片模糊的影像，可是她知道這是他溫柔的擁抱。

她怎會忘記他髮絲間那一抹飄緲的薄荷香氣？她怎能忘記他定情的吻？她恨不得緊緊地抱住他，永遠也不放手。

可是，她實在太虛弱了，只一瞬間，雙手就無可奈何地垂了下來，連頭也無力地垂下來，臉龐貼在黃土寬闊的胸膛上，喘息了起來。

黃土珍愛地緊抱着她。他知道他應該放手，可是軟弱地依戀着，捨不得放開。

「黃土隊長，放開巫女，保命要緊！速速離開這團邪氣！」黃土的耳畔響起天帝迫切的聲音。

他知道，為了救所愛的人，他必須放手了。

（鈴兒，永別了！）

黃土用盡最後一股力量，將巫忘拋出一段距離外，準備獨自給邪氣碾碎。霎時間，一個金盾牌從空氣中飛出來，飛向黃土隊長後，就變成一張金毛毯，包裹住他衝出綠色邪氣，直回天宮。

大家立刻望向金盾牌飛出之處，只見天后氣宇不凡，威風凜凜，束起金髮，戴着金盔，穿金鎧甲，繫百寶腰帶，手持大刀，騎着天馬，朝這邊直奔過來。

「天后殿下甦醒了！」眾將大喜。

只一瞬間，天后已縱馬跑到天帝身旁，敬禮道：「陛下，臣來遲了，請恕罪。」

帝后雖已千萬年沒見，但心繫彼此。不過，縱有千言萬語，也只好留待戰爭勝利後再談。

巫忘得到黃土隊長的太初正氣護體，恢復了幾分意識：「天后殿下？」從前，她跟希羅青梅竹馬，天后對她疼愛有加，沒想到今天再見，竟已是敵我不兩立了。

「巫女，天族為維護正氣而生，妳感染邪氣，為禍正道，理應被誅殺，還不束手就擒。」天后嚴肅地說，然後她細心地感應巫忘的內心，巫忘意識裏流過的影像，天后也看得清清楚楚，所以天后慨嘆地說：「情，令仁者悲天憫人，令勇者保家衛國，令智者育民興邦。情，也可以起貪嗔痴惡，開百萬魔障。一念之差，相去何其遠？往昔已矣，妳何苦自陷魔障，自毀前程？巫女，回頭是岸。」

「回頭是岸？回頭是岸！沒有岸啊，沒有岸啊！事已至此，十方無岸……」巫忘悲愴大喊。

邪氣再次擴散，巫忘再次陷入昏迷。

「糟糕。」天帝護着剛甦醒、神魂未定的天后，發射金光對抗邪氣。

這時，天宮裏的五色石竟自己朝這方向飛來。

難道這是母神的安排？天后恍然大悟，這塊五色石，貯藏了女媧娘娘的太初正氣，正好對付邪氣！果然，五色石直衝巫忘，竟與她合體了。

只一瞬間，巫忘身上的邪氣已散去了七八成，最後，她的神魂更散發出華彩。

在生命之池，巫珈晞的身體劇烈地顫抖起來，生命之池的金光不斷增強，直衝她脖子裏的魔血。

魔血激烈地掙扎，但由於力量懸殊，它越縮越少，最後更消失了。

沒有了魔血，巫珈晞的身體變得晶瑩剔透，像雪地上的美麗精靈。

在天宮的天空中，巫忘漸漸清醒，朦朧中，她彷彿聽到天后說：「陛下，臣請求再給巫女一個悔改的機會。」

然後，巫忘感到有一股力量，高舉起她的的神魂，拋了出去。

《補天》心海彼岸

巫忘的神魂迷迷糊糊地被那股力量拋向東方，跌進了一個波濤洶湧的大海裏去，她在浪裏打滾，苦苦掙扎。

這時，一艘雕花船朝她駛來，一個英偉的少年站在船頭，他伸出手來：「快，拉着我的手！」

船在浪裏劇烈地擺來擺去，巫忘伸出的手和少年的手多次錯開，但那少年沒有放棄，他的手始終盡力地伸向巫忘。

握住了！終於握住了。他一把拉起了巫忘，將她拉上船。

那握住巫忘的手，厚實而溫暖。這觸感何其熟悉。前生，黃土的手不知道多少次這樣地握着她的手。難道，她又回到從前了嗎？

巫忘一上了船，大海瞬間變得風平浪靜。雕花船自動往前航行，濺起點點浪花。

十方無岸。十方無岸。

巫忘抬頭看見那個站在雕花船船頭的少年。

不是黃土。不是他。

「您是誰？是冥河的擺渡人嗎？」巫忘問。

「我叫務相。曾經以情害苦了所愛的人。死後自願留在這兒，渡引所有為情所困的有情人。」

務相說。

「這是苦海嗎？」

「這是妳的心海。」

「我的心海！它竟然如此無邊無際，無所依靠……」巫忘突然孤獨得想哭。

沉默。

船，盛載着沉重的心往前航行。

直至，他們前面的那片天出現了倒生的彼岸花。

它們紅豔豔、烈火似地在前面燃燒着。這片如火花海倒映在水上，船，徐徐地駛進了火海。

巫忘淒然地說：「彼岸花長於冥界，為接引死靈而開。」她悲咽，「我終於還是再死了一次嗎？即使如何努力，還是不能自救。歸於冥界，就是我的彼岸嗎？」

「巫女，仇恨和悲傷如無底黑洞，不能帶人到達彼岸。慈悲，才是苦海中的船，放下，才是苦海中的明燈。」

巫忘迷惑地看着務相：「對所怨恨的人也能慈悲？我受傷的心如何釋放憤怒的火？」

「可以的。一念，就可以放下。」

「一念？」

「巫女，妳的人生不只有怨恨。妳何苦總記掛着怨恨呢？愛，才是妳的彼岸。」

「愛，才是我的彼岸。」

「看！妳的彼岸在那兒。」務相指向一個光明如晨星之處。

巫忘隨着務相的指引望去。

一念間，她看見了，看見了前生和黃土相遇的那天。

那天，雨後初晴，「啪達啪達」的馬蹄聲漸近，駿馬上，坐着一個俊秀的人兒。他撥開迷霧，騎馬闖進了巫忘學習草藥學時所居住的村莊。

巫忘站在樹枝上窺探他的舉動時，冷不防被一隻紫蝶嚇了一跳。她半嗔半怒地說：「小蝴蝶，我看你往哪兒飛？」然後伸手撲蝶。

樹下的人給她的聲音嚇了一跳，機警地抬頭看她。

他，星眸清澈無暇，散發着王者氣質，迷人極了！

她看得呆了，不小心掉下了衣襟裏的金鈴兒，失足從樹上掉了下來，掉進了他寬闊的懷抱裏。

那一刻，如夢如幻，綺麗如天邊的一抹彩霞。

一陣輕風吹來，將他那帶着薄荷葉清香的氣息吹進了巫忘的心坎裏。

情，因風而起。

從此，她對他一往情深。

黃土希望和她攜手在人間建立一個理想的國度。那兒，沒有貧窮、沒有階級、沒有疾病。

她不解地說：「這有甚麼好？在這個國度裏做國王，跟做平民沒有分別。」

他撥一撥她額前的瀏海，溫柔地說：「仁者以愛治理天下。仁者的愛，如春風細雨，滋養萬民。真正的王者以克己、犧牲、誠信為本，他們的手，不是為了握劍而生，而是為了醫治而生。」

她眼波流轉，思考了一會兒，說：「如果我不用草藥去戲弄人，而用這些知識去救助人。那麼，我這雙手，也可以成為醫者的手啊！我也是仁者。」她雙手合十，自我陶醉地微笑着。

黃土的手覆蓋着她的手。那雙小手剛好給黃土那對厚實的手包裹住，它們互相傳遞着暖意。

「妳永遠是我尊貴的女王。」說罷，黃土撥開她的瀏海，輕吻她的眉心。

他一直默默地支撐着她的天地。他的星眸看見她的本質，尊重她的選擇。

她也追隨他的夢。

可是，希羅奪取了他們的夢，只留下遺憾和滅亡。

巫忘流下了淚水。

多麼遙遠的彼岸。

多麼遙遠的彼岸！

無名風起。海面驟然起伏不定，變成裂開的琉璃碎片。

這片倒映着彼岸花的琉璃海，如巫女被打碎了的心。如何修補？

已經回不去從前了嗎？

巫忘突然聽到身後傳來金鈴兒的「嚶嚀」聲響，她轉身一看，一隻紫蝶正拍着翅膀朝她飛來。

務相和雕花船隨即不知所蹤。

那片琉璃海驟然變成了一片冰天雪地，寒意逼人，異常陰冷，放眼所及盡是一望無垠的白。那隻紫蝶卻拍着翅膀仍在天上飛。

巫忘沒有穿鞋子，雙腳陷入了厚厚的積雪裏，卻不覺得冷。風雪中再次傳來金鈴兒的「嚶嚀」聲響，有人輕柔地呼喚着「鈴兒」。鈴兒是巫忘的乳名。成年後，除了父母和哥哥，只有黃土和希羅會這樣呼喚她。

「鈴兒、鈴兒、鈴兒……」那人繼續呼喚着。那聲音無奈得教人心碎。

巫忘已經認出聲音的主人，她掩着耳朵大聲回應：「不要這樣呼喚我，求你！」

儘管如此，那呼喚聲仍然伴隨金鈴兒的聲音，聲聲叫喚着她，叫得她心慌意亂。

一股刺骨的風拂過巫忘的臉頰，她朝風吹來的方向望去，在一片白茫茫中隱約看到了一張不男不女的白色臉龐。在那短短的瞬間，巫忘感應到一種純粹、原始的邪惡。

「你是誰？」巫忘感覺到那東西步步迫近她。

「雪妖。」牠的聲音明明是男聲，卻混入了女聲的尖細回音。

「雪妖！」巫忘不禁打了個寒顫，「你帶領魔軍入侵聖域時，不是已經給天后殿下所滅了嗎？」

「哈哈哈，她毀了我的肉身，註定要為此付出更大代價！」牠說完，綠色眼珠一閃，天地立刻刮起狂風大雪。

狂風大雪包裹着巫忘，接着，她感到如被拋向牆上的劇烈撞擊，全身的感覺霎時消失。

這時候，魔都的天空是一片暗淡的綠。

魔宮裏，女丑侍候完希羅更衣，就安靜地退下。

銅門輕輕被關上，廣闊的金色寢室裏只剩下希羅。空曠的寢室內沒有一根支撐的石柱，香檳金的牆壁和天花板上，雕刻着精美的花紋。

希羅如黑檀木的雙目默然頹喪，黑色長袍猶如夜色。

夜，無邊寂寞。

「鈴兒！」這是他千萬個夜裏的呼喚。可是，她卻徹頭徹尾地忘了他。

他的嘴邊勾起了一絲難以說明的苦笑。

希羅唸了一句咒語，流瀉的金髮立刻綻放着太陽的光芒，金色的眼眸閃爍着傲慢。每晚，他喜歡以聖域時的這個形象入睡，因為他每晚也會在夢中跟巫忘相會。巫忘喜歡他這個模樣。

他坐在牀沿，張開右手手掌，一個金盒子瞬間懸浮在手掌上。它的盒蓋自動打開，裏面飄出一個繡了紫色勿忘我的錦囊，錦囊的袋口開了，飄出了一個繫着紫色絲線的金鈴兒。那金鈴兒掉到他掌心，「嚶嚀」作響。他躺下來，把玩着金鈴兒。

「鈴兒！」他輕輕嘆息着入夢。

這時，巫忘昏迷在一片冰天雪地裏。

不知道過了多久，她才醒來。醒來時，卻坐了在一個百花編成的鞦韆上。鞦韆掛在大樹的枝幹上，被淘氣的風神吹得盪來盪去。

她極目所見盡是紫色的勿忘我。

紫蝶滿天飛舞。

泉水從巖石間流出，匯聚成一條小溪，水面反射出悅目、潔白無瑕的亮光，通體發亮、高雅美麗的水族生物在溪水裏暢快地游來游去。

「好熟悉的地方！這裏是……日族將軍府的後花園！」巫忘自幼就喜歡到這兒跟希羅玩耍，更將很多親手養的紫蝶帶到這兒養育。

希羅年幼時已經文韜武略，才能出眾，所以小小年紀就被天帝冊封為日族大將軍。如果他沒有因為巫忘而造反，就不會淪落為魔王，為至尊天魔效力。

這個地方留給巫忘很多美好回憶，也是讓她心碎的源頭。

她不想停留在此地，於是離開鞦韆架，站在草地上思考着出路時，卻被人叫住：「鈴兒，妳來了。」是希羅的聲音！

巫忘轉身望去，年輕的希羅正從遠處走來：「鈴兒！」他甚至興奮得展開強壯的黃金翅膀，朝這兒直飛過來。

「不要過來！」巫忘大喊。

這時，一個年輕的巫忘從她的身後走向希羅，然後他們手拉着手一起跑進層層疊疊的木樹林裏去。但是，她和希羅都沒有看見站在鞦韆下的巫忘。

「為甚麼會有另一個我？」巫忘不解地自問時，頭頂上突然傳來蝴蝶拍動翅膀的聲音。她抬頭一看，看見一個懸在半空的金鳥籠，籠裏關着一隻紫蝶。牠正是剛才陪伴巫忘一起來這兒的那隻蝴蝶。

她恍然大悟。

這是希羅封印在心裏的夢。天長地久，希羅每次睡着，都會夢到這個夢。

多麼強大的執念！

「希羅哥哥，你何苦這樣？」對於希羅，巫忘怨過、恨過、恐懼過，也許也愛過，但不是愛情那種愛。再次看見這個年少時一起遊玩的情境，她只有慨嘆。

「鈴兒，因為我一生只愛妳一人，不惜為妳付出一切。」另一個希羅突然現身。

巫忘嚇了一跳，急忙後退了兩步，她的身體不由自主地打顫。死過兩次後，希羅對她而言已經變成了一種威脅。

希羅看在眼裏，金色的眸子流露出複雜的情緒：「鈴兒……」

「不要過來，求你！」巫忘本能地一退再退，徨恐地看着希羅的神魂。

「不要這樣看着我。」希羅的心已經碎得不可以再碎。只剩下那一片片碎片，難道也要給化為灰燼嗎？他不要承受這樣的痛，「為甚麼妳不能愛我？」希羅向巫忘靠近。

巫忘哀求：「不要靠近我！」

「我愛妳的心，日月可鑒。我甚麼都可以給妳！妳看看我，妳看着我，我真的那麼可怕嗎？」

希羅俊美的臉寫滿了委屈。

巫忘繼續後退：「我不能愛你，你一直在傷害我！你甚麼都可以給我，可是，你也要佔有我的一切。」巫忘失控地向希羅大喊大叫，「我不想這樣啊！我不要你成為我的主宰，我要當自己的主人！我不要你為我選擇人生，我要選擇自己的人生！你並不愛我，你只想佔有我！你並不尊重我的自由意志，你只想我成為你籠中的蝴蝶！」

「我聽不懂妳話裏的意思。」巫忘的話令希羅感到前所未有的絕望。

「我不能愛你，因為你從沒看見我的本質，你愛的根本不是真正的我！」這時，傳來希羅夢裏那個巫忘的輕笑，巫忘指着那個年輕的自己，「你愛的只是夢裏的這個表象，你從來沒有愛過我，我怎麼可能回應你的愛呢？」

「我從來沒有愛過妳？」希羅的眼睛裏閃過一絲凝重的悲哀，嘴角泛起一抹自嘲的苦笑。她真的不能接受他的愛？為了拒絕他，她甚至滿口胡言。但是，希羅是戰士，戰士不應感傷嘆息，戰士為戰利品而活。

巫忘，就是他想要的戰利品，不管她願不願意。

她的意願從來都不重要。

「不管妳有甚麼想法，我要妳做我的新娘，跟我回去吧！」憤怒的希羅一手扼住巫忘的頸項，另一隻手幾乎捏碎她的左肩，口唸咒語，打算囚禁巫忘的神魂。但是，在控制巫忘的意志前，他必須先問她一個問題，他真的很想知道答案，「黃土有甚麼比我優秀……」這個問題一直纏繞他，令他幾近發狂地派出魔兵追殺黃土。

巫忘已幾乎窒息，答不上話來。希羅的左手微微鬆開。

「咳、咳、咳……」巫忘用力地呼吸，心裏驚惶，身體受制於希羅有力的手掌，但是她的心是自由的，即使在最困難的處境，也沒有人可以奪走她的誠信，她如實回答，「他並不比你優秀。你甚至比他更優秀。」

希羅聽了，呆了半晌，然後，鬆開了手。

沉默。

決裂後，終於，他們進行了第一次理性的對話。

巫忘說：「你是尊貴的王，你可以給我享不盡的榮華富貴和特權。」

「即使妳要天上的明月，我也可以取下來給妳。」希羅附和。

「只要我一心一意地愛你，臣服於你每一個決定。對嗎？」

「不是的，只要妳跟我商量，我會為妳改變任何決定。」

「人的本質是不會變的。你也許會為我特赦某一個人，卻不會為我改變國家的階級及刑罰制度；你也許會為我恩待別人，可是不會因此改變你傲慢的心……我要的，你永遠不能夠給我。如果你為我改變了自己的本質，你會很痛苦，我們也不會幸福的。我們在一起，永遠有一個會受苦。」

「妳要的，黃土就可以給妳嗎？」

黃土可以的，巫忘知道黃土可以的，因為他知道愛的本質是甚麼。

巫忘記起第一次跟黃土下凡間的經歷。她並不是第一次下凡，她跟希羅也下凡過很多次。希羅帶她遍遊人間美境，買綾羅綢緞，嚐美酒佳餚，大家玩得樂而忘返。在她心裏，人間天上都是好地方。她是巫族聖女，父母兄長視她如掌上明珠，希羅對她百般呵護，她的世界裏一直只有美和善。她不識愁滋味啊！

但是，這次的經歷跟從前不一樣。

原來黃土在人間設有一間義診的醫療所，他在那兒扮作一位大夫。這次，巫忘扮成一個侍女，和醫療所裏的童子一起攙扶病人進出和熬藥給他們喝。

巫忘第一次看見這麼多老病傷患，他們的身上散發着一股死亡氣息。其中一個由家人攙扶進來的老婦人已經病入膏肓，行將入木。巫忘甚至看見死神已站在那老婦人身旁，他看見巫忘，還熱情地打了個招呼。

黃土幫她把脈時，趁機將小量太初正氣注入了那老婦人體內，讓她舒服些，然後邊把脈——其實黃土根本知道她陽壽已盡——邊跟她談天：「我開一貼藥給您回去熬來喝，喝完了會舒服些。老奶奶，您平生最喜歡吃甚麼東西啊？」

那老婦人回憶了一會兒，說：「我苦了一輩子，吃的都是野菜、番薯，小時候，有一年農田豐收，娘親弄了一大碗紅燒肉給我吃。真好吃啊，真好吃！我整整吃了一大碗。」她說得紅燒肉如在眼前，口水都快掉下來，「第二年，我出嫁了，從此就沒機會再吃上一碗紅燒肉。」

黃土聽了，淺笑地說：「老奶奶，會的，說不定您今天晚上就會吃上一大碗紅燒肉了。」

老婦人聽完，就笑着說：「大夫，天下間哪有這麼好的事情？我們莊稼人，連米飯都吃不起，哪來的肉？」她說完，家人就攙扶着她出去取藥。

黃土給她的太初正氣，足夠給她好好地活上三天。可是，這三天又有甚麼意義呢？巫忘忍不住說：「反正她都要死了，黃土哥哥何苦浪費自己的太初正氣？這會影響你的仙壽。」

「鈴兒，這三天的太初正氣對我而言微不足道，對老奶奶而言卻有千金之重。這三天，她會活得精神奕奕；這三晚，她會夢見跟家人一起吃紅燒肉的情境。然後，她會帶着滿滿的歡樂離開人間。關愛別人，有時就是這麼簡單。」

黃土透過一次又一次的醫療過程，告訴了巫忘：「關愛別人，有時就是這麼簡單。」

「他的仁者之心深深地吸引了我，我從凡人的生老病死看到了自己的幸運。我希望追隨黃土哥哥一起建立平等之邦，用我的能力為世人帶來幸福。」巫忘看着希羅情深的眼眸，「黃土哥哥從來沒有要我選擇他，是我自願追隨他。我知道他很愛我，但是他讓我做自己的主人。他讓我明白到一個大道理：愛，是施予，不是佔有。愛，不求回報，只想讓所愛的人得到幸福。」

希羅若有所思地看着巫忘。

愛，是施予，不是佔有。愛，不求回報，只想讓所愛的人得到幸福。

黃土給予巫忘的，是仁者的愛，巫忘在他的愛裏得到平等的尊重和保留自由的意志。可是，希羅給了巫忘自己的人生啊，他憤憤地緊握巫忘的雙肩說：「為了妳，我眾叛親離，下墮魔域，我對妳的愛怎可能比不上黃土？」

「你一直只想佔有我，這不是愛，是你的欲望！你為了滿足欲望而眾叛親離，下墮魔域，更傷害了我，害我永墜苦海。」巫忘猛然推開希羅的手，「你付出的，都不是我要求的！」

希羅感到前方已失去焦點，他只能苦笑，只能問：「那麼，妳到底要甚麼？我甚麼都可以給妳。」

「我只要跟黃土哥哥廝守！」

一層霧氣朦朧了希羅的金瞳。

巫忘哭着質問：「為甚麼你要毀滅我最想要的人生？把我的人生歸還給我！把我的人生歸還給我！」

風不再暖，鞦韆再盪不起，翩翩起舞的紫蝶都躲進木樹林裏去。

巫忘的號哭令希羅碎了的心化為灰燼。眼前的勿忘我花田在他的金瞳裏變成一片模糊的紫，一大片一大片的紫。他再也看不清那些盛開的花。

事情為甚麼會發展到這個地步？

他為甚麼會走到這個絕境？

從甚麼時候開始，除了擁有巫忘的欲望，他的心竟空虛得甚麼都沒有。

他着了魔地追在巫忘身後，一步步地毀滅了自己的人生，也毀滅了巫忘的人生。

事已至此，如何是好呢？

是甚麼令他失去了理智，令他無限地擴張了這個可怕的欲望，以致到達這個不可收拾的境地？

金色鳥籠中的紫蝶拍打着鐵籠，渴望着自由。

巫忘收斂淚水，說：「希羅哥哥，釋放籠裏的蝴蝶吧！放了牠，籠子也得到自由，可以隨意開啟籠門，迎接其他彩蝶來棲息。」

希羅看着籠子，有些執念開始動搖。

四周的溫度再次下降。

巫忘又說：「希羅哥哥，你的生命裏不應該只有我，你還有親人，天后殿下已經甦醒了，殿下一定希望你重投光明。」說罷，巫忘隱約又看見雪地上那張不男不女的臉孔。

「母后甦醒了！」因為不能保護天后，希羅一直深深自責。

天后甦醒的消息，像一閃的靈光，希羅的腦海裏突然浮現了一些回憶。那天跟雪妖一戰後，他不但身體受了傷，精神上好像也起了些變化——那天以後的夜裏，他反複地做着這個跟巫忘一起在花田裏遊玩的夢！巫忘的一顰一笑變得越來越鮮明。他對她的愛，如烈火灼燙着他的心，令他坐立不安。

四周突然風雪大作，雪妖的臉出現在希羅身後，而且變得清楚可見，牠跟希羅說：「與其看着心愛的女人跟其他男人廝守，不如殺了她。殺了她！」

巫忘指着希羅身後的雪妖：「小心！雪妖在你身後。」

希羅轉身，但他甚麼也看不見：「甚麼雪妖？牠已經被母后砍殺了。」

雪妖又在希羅耳邊說：「殺了她！」

希羅的腦袋開始有點兒迷糊，思考能力如蒙上了一層霧，變得遲鈍，分辨不到方向。他曾經試過很多次這種經歷，而且情況越來越嚴重，持續的時間也越來越長：「我……」

雪妖又在希羅耳邊說：「殺了她！」

希羅的意志變得軟弱。

原來如此！巫忘終於明白了。當年，魔軍入侵聖域時，天后用大刀毀了雪妖的肉身，剛好當時希羅給牠的魔氣所傷，所以雪妖的妖靈逃進了希羅的身體內，寄宿至今。牠不但吸食希羅的力量，更迷惑希羅的神魂，燃燒他的欲望，助長他的邪心。牠依附着希羅，已經開始跟他的神魂合體，成為真正的主人。

天帝不忍下手殺希羅，莫非並不是因為偏私，而是因為他早就知道希羅的情況，所以一直在想辦法拯救兒子！

這時，希羅意識到一些不尋常的東西在干擾他的思考，一如以往，他正在失去意識，內心同時燃起一股莫名的怒火。但是，這次他雙手抱着頭，痛苦地克制着：「快逃！鈴兒，快逃！」

「希羅哥哥，我不知道如何逃出去！」鈴兒哭喊。

希羅的一隻眼珠已經開始變成綠色，他抵抗着頭痛，揮拳打碎了懸浮在半空的金籠子，裏面的蝴蝶立刻拍翅飛出來。微黃的光從天空射下來，紫蝶在金光裏變得十分巨大。牠飛向巫忘，巫忘忙躍上牠身上。牠即載着巫忘飛上天空。

雪妖閃着幽暗的綠瞳，又在希羅耳邊命令：「殺了她！」

「不！」希羅反抗着。

巫忘坐着由太初正氣幻化的紫蝶隱入雲裏。

「鈴兒……」希羅的神魂痛苦地倒在雪地上。

「你這個沒出息的蠢貨。」雪妖嘶啞中帶有女音的聲音令人毛骨悚然。

蝴蝶載着巫忘一直飛一直飛，飛到一片雲海上。

雲海裏突然出現了一點星光，那星光飄向巫忘，她伸手捧着它。

星光帶着巫忘輕輕飄起、飄起，飄向天上一顆迷人的銀色晨星。然後，她低頭一看，下面竟然是天宮。

為甚麼希羅的正氣會帶着她回到天宮？

莫非……

希羅在求救！向天帝天后求救。他神魂仍未曾被污染的部分，希望回歸天宮。

他既然救了巫忘，巫忘也應該想辦法救他。

但是，一進入天宮，可能會再被殺，巫忘不寒而慄。

她猶豫半晌，最後還是決定進去。反正要殺她易如反掌，不必一定在天宮。而且，天后殿下甦醒了，也許自己還有一線生機。

《補天》逆轉命運

天后本是沙場大將，在昏睡前，一直跟天帝共掌政權。天帝對她甚為信任。在此關鍵時刻，天后當然與群臣參與戰事會議。

天后說：「陛下，巫女積怨極深，導致這次不幸的事件。本宮想，倘其怨恨萌芽之初，能夠得到適當的疏導和處理，後果必不至於此。故此，本宮欲設立一個直接與天地眾生溝通的中央部門，既採納眾言，也在有需要時適當地施予協助。不知陛下意見如何？」

天帝覺得此主意甚好，天眾聽罷，都極贊成。

天帝問：「哪位賢德的神仙，適合為此部門的首長？諸位可有建議？」

半晌，黃龍將軍說：「三公主殿下宅心仁厚，十方稱頌，老臣認為殿下最適合擔此重任。」

天眾聽了，都極贊成。

天帝見日觥竟如此出色，備受愛戴，心裏暗自歡喜，只是臉上不露痕跡，淡然地說：「就以黃龍將軍的建議而行。」天帝繼續問，「五位天龍將軍，經今日一戰，駐軍之事可有任何須改進之處？」

白龍將軍說：「駐軍方面，臣認為暫仍可達極高的防守功能，臣只怕魔軍會利用人類的病毒攻擊我軍。」

天后不解地問：「人類的病毒？將軍所指為何物？」

白龍將軍答：「在殿下沉睡期間，人類感染了魔域的一種病毒。這病毒可藉人類的血液傳染給神仙，令神仙死亡或失去長生。」

天后說：「將軍是怕魔軍會用此病毒於戰場，對付天眾。」

白龍將軍說：「正是。」

天后想了一會兒，說：「眾將勿懼。這種病毒如能殺神仙，就能殺魔。」

眾神仙不解，黃龍將軍問：「臣愚昧，請殿下明示。」

天后解釋說：「神魔本性雖有正邪之分，但同出一源。正邪兩氣都是混沌所生，所以神魔本質一樣。殺神的病毒，必能殺魔。依我推測，來自魔域的病毒，本來應該不能殺神，它必定是混合了人類身上的病毒方能殺神。」

黃龍將軍說：「如此說，人類身上的病毒才是關鍵。」

天后說：「所以真正威脅神魔存亡的，是帶病毒的人類。倘若魔軍用一些帶有病毒的武器來攻擊我軍，我軍可奪其武器反攻，故不必畏懼。陛下，本宮認為可以派遣仙人在人間設置實驗室，研究此種病毒。」

天帝說：「我們早已如此做，並研制了病毒的測試丹藥，但可投入更多資源進行研究，以找出解藥。」

然後，他們繼續商議駐兵的策略，商議其間，守門侍衛來報：「啟禀陛下，巫女的神魂求見。」殿內眾神仙莫不驚訝，面露懼色。剛才大戰得你死我亡，連三公主都因她受了傷，如今，她竟自動求見。莫非又想來下戰書？

「陛下，萬請小心。」赤龍將軍說。

天帝默默望向天后。

天后安撫大家說：「將軍放心。巫女的魔血已除，她得到務相的渡化，已經悔悟。」她對天帝說，「陛下，何不請她進來，看看所為何事？」

「准巫女進見。」天帝對守門侍衛說。

「遵旨。」

半晌，侍衛帶着巫忘的神魂進來。

巫忘見了天帝天后，依禮下拜後，說：「陛下，請救救希羅哥哥。」

眾神仙更驚訝。

天后疑惑地問：「逆子希羅，已經投靠邪魔。他害妳受苦受難，何故無端要救他？」

巫忘說：「殿下，希羅哥哥原來被雪妖的妖靈所侵，神魂被他迷惑，才會做出叛變這大逆不道的事情。」

眾神仙嘩然。

天后質問：「胡說！雪妖已經被本宮砍殺，牠如何操縱希羅？」

「殿下，此事千真萬確。雪妖被砍殺前，妖靈逃進了希羅哥哥的體內，寄宿至今。牠已經快要跟希羅哥哥的神魂合一。」巫忘懇切地說，「如果不儘快想辦法幫助希羅哥哥，他的神魂就會滅亡！」

天后沉默。

巫忘說：「自幼，希羅哥哥就對我疼愛有加。他被雪妖控制，才失去理智，忘了本性。幸好，他最後一念，仍然心存正道，以體內的正氣助我逃生。所以，我一定要救他！」

天后聽了，沉默半晌，說：「難得妳知恩不忘圖報。」

金龍將軍說：「天后殿下，巫女所言若真，希羅殿下豈不是危在旦夕。」

天后看着巫忘，說：「巫女，妳憑甚麼斷定希羅被妖靈所侵，才做出從前的叛逆行為？」

「殿下，務相引導我進入希羅哥哥的夢裏，讓我了斷心結時，我清楚看見雪妖迷惑他的過程。」

巫忘靈機一動，「殿下何不請務相前來做證？他可能也看見了我的經歷。」

天帝說：「務相只負責在虛幻界接引為情所苦的靈魂，送它們去能夠解開心結的地方，但他從不會離開虛幻界。」

巫忘根本拿不出證據，只好黯然地說：「陛下，我沒辦法逼使各位相信我的話。希羅哥哥的事……也只好安於天命。打擾各位了，請容我告退。」說罷，她向帝后行了禮，準備轉身告退，自己去想法子解決。

天后卻說：「巫女，稍待片刻。」然後，她跟天帝說，「陛下，假如此事為真……」

「的確是真的。」天帝說的話令天眾驚訝不已，「孤早知曉，只是苦無拯救之法。眾將可有解救逆子之法？」

青龍將軍欲言又止。

天后見狀，說：「青龍將軍，有話請直說，不必顧慮。」

青龍將軍說：「自古，妖靈一旦入侵神魂，就無法可以被分離。除非……」

天帝繼續說：「除非逆轉時空，在妖靈入侵前，殺死妖靈。」

青龍將軍說：「可是時空一旦逆轉，歷史一旦改寫，後果無人能測。」

沉默。

「另一個方法，就是在殿下完全成魔前，封印他的神魂，冰封他的神軀，再置於生命之池吸取太初正氣，靠他自己的力量軀除邪魔，得以重生。但是，能否成功，也是未知之數，因為史無前例。」

青龍將軍說。

「孤認為這個方法可行，當年，希羅藉生命之池得以生存，生命之池的太初正氣對他而言如母親的子宮。所以，孤認為他應可得以重生。問題是，他力量強大，又已經沾染邪氣，身在魔都，如果要封印他，恐怕又要引起一場大戰，孤不欲因他再冒險開戰。」天帝說。

沉默。

天后只好說：「巫女有心，此事，容後再說。汝既已潔淨身心，神魂應回歸巫族，莫再到處蕩遊。赤龍將軍，請至生命之池邀巫王來此帶巫女回歸。」

得到天后此一聖旨，等於赦免了巫忘兩生所犯的過錯。她只能謝恩，不敢再多言。

赤龍將軍領命前往生命之池。

在生命之池，巫言和林書賢都心情沉重地看着那朵金蓮花上的巫珈晞。他們剛才看見至尊天魔的血給生命之蓮的光芒毀滅時，感到驚訝不已。現在，雖然魔甲蟲消失了，但牠們畢竟也來搗亂過這兒。巫言在猜測着誰帶來了魔甲蟲，擔憂着天族會猜疑巫族的忠誠。

魔甲蟲的確在危急關頭救了巫珈晞，可是魔甲蟲的出現，巫言的嫌疑最大。林書賢想坦白招認，還巫言清白，可是他一招認，反而會因證據確鑿，令巫族陷入更大的危機。真是進退兩難。

這時，赤龍將軍和天兵飄然而至。

赤龍將軍恭敬地跟巫言說：「巫王大人，天后殿下邀大人前往天宮一聚，請速隨本將前往。」

巫言剛才已經由天兵口中得知天后甦醒和巫忘打傷日龢的事情，現在天后邀他前往？難道要為魔甲蟲一事而問罪於他？

反正他行事做人光明正大，何懼之有？他恭敬地跟赤龍將軍說：「請引路。」就隨赤龍將軍前往天宮。

半晌，巫言已跟赤龍將軍一行人到達天宮。

侍衛忙帶他們進入大殿。他們看見帝后即低頭行下臣之禮。

天帝沉默。

「不必多禮。」天后說。

巫言抬頭，看見站到他不遠處的巫忘。其實，剛才他進入大殿時，一瞥間已看見天后左邊的那一抹紫色，他心頭一顫，卻怕冒犯天后聖顏，而不敢再望。此刻，巫忘站在他面前，激動地叫喚：「哥哥！」

巫言也情不自禁地趨前，喚：「鈴兒！」

兩兄妹一陣歡喜，一陣難過，心裏真是五味雜陳。

天后說：「巫王，令妹神魂已淨，請帶其歸去，小心守護，直至魂軀合一的重生之時。」

巫言聽了這話，內心驚訝不已，知道一定是發生了甚麼事情，才可以得到如此恩賜，所以不敢多說一言，只感激謝恩。

他與巫忘正要離去時，大殿霎時變換了氣氛，一股灰色的霧氣取代了帝后的金光，籠罩了這個大殿。雖然轉變得有點兒突然，但大家都氣定神閒，沒有慌亂，因為他們已經感應到這股強大氣息的主人是誰。

天帝才走到大殿的中央，死神和玲瓏就優雅地從霧中走出來。

死神溫文地對天帝說：「陛下，這兒好熱鬧啊！」他笑着向天后說，「殿下，良久沒見，殿下這一覺睡得可真長。父皇母后感應到殿下的氣息，命我至此賀喜陛下和殿下。」

天后笑着說：「謝夜神聖尊和死神大人關心。玲瓏，妳也來了，真好。」

玲瓏行了禮，笑着說：「玲瓏向陛下、殿下請安。玲瓏剛從凡間回來，就忙不迭跟伯父前來探望。」她的聲音飄飄渺渺，似遠還近，似真又虛。

天后一向鍾愛玲瓏的絕代姿容，便說：「看到妳，本宮真是開懷。可惜今天一戰，弄出百般事情來，本宮和天眾都忙着處理。」

死神對天帝說：「陛下，殿下已經甦醒，何以還如此雙眉不展？臣可以為陛下分憂嗎？」

天后將希羅之事說了一遍。

死神說：「第二個方法不錯，何不試試看？」

「孤不欲興兵打仗。」天帝說。

「不打仗，也可以成事。」死神說。

「此話怎解？」天后追問。

「父皇母后說要送一賀禮予殿下，慶祝殿下醒來之喜，又沒說這份賀禮是甚麼，所以我認為他們應該不介意以送希羅至生命之池，作為賀禮。」

夜神聖尊（陰陽合一）、女禍娘娘及至尊天魔皆為太初之氣所生。正氣生出女禍娘娘，邪氣生出至尊天魔，正邪兩氣的交接位置則生出夜神聖尊，所以夜神聖尊的法力在天帝之上，要印封希羅的神魂，送他到生命之池，簡直易如反掌。大家相信至尊天魔也不會為了希羅而跟夜神聖尊過不去。這三位大神的法力一樣，只是屬性不同，所以本來就互相尊重，各不侵犯，但女媧娘娘一直沉睡，不理世事，所以至尊天魔才會生出吞併聖域的歹念。不過，帶兵出戰的，一直只是魔域十王，至尊天魔從未出征過，否則聖域早就不保。

為甚麼至尊天魔不親自出馬呢？是為了遵守三位大神互不侵犯的約誓。雖然女媧娘娘不理世事，但夜神聖尊還在，一旦至尊天魔親征，夜神聖尊定不會坐視不理。其實，這次夜神聖尊出手幫助聖域，也是為了想保持權力的平衡，不讓至尊天魔的勢力坐大。

天后欣喜地說：「有夜神聖尊助一臂之力，大事定可成。」

玲瓏接着說：「殿下，希羅將軍沉溺幻夢，情根深種，不能自拔，以致被雪妖利用。他心裏那個美好的夢境，乃玲瓏精心創作。故伯父命玲瓏修改希羅將軍的夢，助他減輕愚痴。」

天后聽了，不禁讚賞死神的細心安排：「解鈴還須繫鈴人。無根，就無樹無花亦無果。死神大人想得真周到。」說罷，帝后就領着兩神穿過並排兩行的天眾，朝大殿一邊那幾張特大的的黃金椅子走去。

帝后和死神走在前面，玲瓏腳步稍慢。

霎時，她停下腳步，佇立在天眾中，注視着巫言，笑了一笑，笑得那麼神祕，那麼難以捉摸，卻牽動了巫言的思緒。

這是他第一次見玲瓏，卻毫不陌生——她跟彩蝶形神俱似。

玲瓏經過巫言身旁時，彷如無端起了一陣風，一陣甜香直撲他的鼻腔，她如絲長髮，輕輕飄起，摩擦過巫言頸臉的肌膚，令他渾身一顫。這時，玲瓏衣袖的一角又隨風甩到巫言眼睛上，他伸手想揉眼睛，卻無意識地拉住了玲瓏的衣袖。

巫言低頭一看，這豈不是彩蝶那天的彩衣？

那天，繁花似錦，美人溫潤如玉，霎時心動，何其美好，已足夠一生回味。

但是，他一如以往，克制着情感。

卻鎖不住悸動的心。

只一瞬間，那彩衣又從巫言的指縫飄然而去，變回粉色天衣。

四周的天眾卻沒有看見這一切。

當巫言回過神來，就聽到天后說：「夜神聖尊一族為天族所做的貢獻，天族必記錄下來，好讓千秋萬世歌誦汝等的功德。」

死神笑着說：「殿下言重了。區區微力，何足掛齒。本神即去稟告父皇母后。」說着，他已經和玲瓏穿越而去。

《補天》夢醒

這天，日族大將軍希羅正站在將軍府的後花園裏。花園裏開着一片又一片紫色的勿忘我，紫蝶翩翩起舞，鞦韆在暖風中輕盪。

希羅的耳畔忽然傳來巫忘的笑聲，他轉身看見巫忘坐在鞦韆上盪來盪去。

希羅充滿笑意的金眸裏瞬間只剩下巫忘的身影，他歡喜地展翅飛向她：「鈴兒！」

可是，無論他如何努力地往前飛，也改變不了那鞦韆跟他之間的距離。

驟然一陣狂風起，吹掉了一園勿忘我。

希羅的金髮亂揚，雙手護目。

頃刻風過，落花一地，鞦韆墜。

希羅張目，只看見巫忘站在紫蝶聚成的蝶網上。她微笑地揮手說：「希羅哥哥，讓蝴蝶自由自在地在空中飛舞，豈不更好？」
說罷，天上裂開了一道裂口，蝶兒帶着她飛天而去。
夢醒。
……
希羅滿心惆悵，困惑地躺在樹下，看着孤單地在風裏亂搖的鞦韆。
「希羅哥哥，希羅哥哥！」巫忘歡快地朝他跑來。
她跑到希羅身旁，站着。
站在日光下，她那小小的身軀竟完全遮擋了照射在希羅身上的陽光。
他在她的陰影下坐着，抬頭望向她如花的笑靨，心裏竟有一股不祥的預感。
「希羅哥哥，你知道我今天遇見了誰嗎？」她水靈靈的眼眸裝滿了少女的情懷，「我告訴你，我遇見了人王之子！他的明眸像天上的晨星……」巫忘如蜜糖的臉綻放出明媚的笑容，她張開雙手迎向紫蝶，翩翩起舞。
明明無風，樹葉卻發出了沙沙聲響。

幾片墜落的葉子，打在希羅俊美的臉上，留下一抹拭不去的痛感。

他心湖的春水，也無端被吹皺了，幾片掉在湖面上的落葉，竟變成了鉛塊，隨着一聲嘆息，驀地沉落。

花園裏的陽光仍然耀眼，但希羅的金瞳卻在巫忘的陰影裏流露出黯然的落寞。他倏地感到很疲倦，於是閉上眼睛再沉沉睡去。

睡了。

連他也不知道何時會醒過來。

風過雲逝

「轟隆轟隆轟隆……吣吣」，蒸氣火車響着汽笛正全速向我駛來似的。

可是，只聞其聲，卻不見有火車。火車在哪？

我正不知所措地四處張望時，手上的《文藝青年》雜誌徐徐飄上半空。

它越變越大，越變越大越變越大……

倏地變成了一列火車！

火車「砰」的一聲，落到車軌上。

它「吣吣」兩聲，在我面前的位置開了一扇車門。

啥？這是甚麼意思？

它又「吣吣」兩聲，催促我上車。

上車？

好吧，就上車吧。反正這兒也沒有地方可以逃。

我上了車，那車門就「砰」的一聲關上了。
然後，它又「吣吣」兩聲，開動了。
開動了。
不過，不是向前走，是往後退！
一直後退後退後退……
跟着，它不知為何突然改變了方向。
一直前進前進前進……
我眼前的景物如飛，不斷地轉換。
它開得很急，很快。
實在是太太太太太快了……它激烈地在空氣裏衝開了一個大洞，然後開進洞裏去。
衝力實在太大了，令我不支昏倒在車廂裏。
我醒來後，已經在破舊單位的睡房。
我忙起牀，拉開窗簾。窗外景物盡入眼簾。

沒有變啊，一切依舊。

對面大廈，仍然住着胖胖的如花，大鬍子標叔也准時在做健身，小明在溫書，明媽在做飯……

我看看手指，航生送給我的指環還在。看來，即使神遊了聖域，即使生命之蓮在我的體內開了花，即使受了天帝一掌，對我這個凡人並沒有甚麼大影響。

我拉回窗簾布。

感恩感恩！

人家《紅樓夢》的賈寶玉神遊太虛時，那麼快活，為甚麼我這麼倒霉？

還是別想太多了，既然回來了，就繼續過好自己的生活。想想有甚麼事情要做，就快快去做，讓生活重回正軌。

噢，記起來了！水費、電費和煤氣費，好像都到期了，再不交費，就要斷水斷電斷煤氣！

窮……

唉！又要交租了。

在這個這麼痛苦，令人胃痛的時刻，我還是上街走走，吃一客「歡樂世界」吧！唯有這美味的甜品能令我煩惱全消。

拿了帆布手袋。

推開房門走出去。

哎唷！一頭撞上了一條柱。

房門口不可能有柱吧！

抬頭一看，好像看見一個西裝筆挺，笑臉溫和的人，他輕盈一閃，已經進入了我的房間。

我毛骨悚然，轉身看着這個不知道從哪兒走來的不速之客。

「妳好。忽然造訪，未備手信，真是失敬。」他向我微微一笑，俊美得像古希臘的白色雕像。

死神！

啥！死神大駕光臨，莫非我時辰已到？

「不必害怕，妳壽命很長。」

又是一個懂得讀心術的天神。

找我何事呢？死神能為人類帶來甚麼好事情呢？難道，他要我幫忙去殺人？

「不行不行不行，我不殺人！」我搖頭大喊。

他忍不住呵呵大笑：「殺人？妳未夠條件當殺手。的確未夠資格。

我關上門，放下袋子，說：「既然如此，請回。不送了。」

還是速速送客吧，我已經被這些天神害得夠倒霉了。這次還來了死神，肯定沒有甚麼好事情。

死神委屈地說：「請不要歧視死神。」說罷，他到我的書桌前，變出了一支鋼筆和一疊原稿紙，

「妳很快又有版稅收了。」

原因呢？

「因為妳要將這次的經歷完完整整地寫下來。本來，妳應該跟另一個凡人一樣，完全忘掉在聖域的遭遇，但這次的事情實在太有趣了，如果完全被遺忘掉，豈不是太可惜？所以本神保留了妳的記憶，希望妳寫下來。」

然後呢？

「然後，我會令到出版社出版妳的書，又令到這本書變成暢銷書。」

想得真周到啊。

「是的。本神挺細心的。」

哈哈哈，神仙都愛自吹自擂，凡人愛不愛看這本書，你們根本管不了。現代人崇拜科技多於崇拜神仙。神仙，已經是「老土」的代名詞。

「請不要歧視神仙。有一件事，本神感到實在十分抱歉。」

果然沒有好事情。

「本神的力量會令妳在事後大病一場，因為妳畢竟遇見了死神。不過沒有大礙的，請別害怕。」

果然沒有好事情！

然後，書桌上出現了咖啡和曲奇餅。死神溫和地說：「請隨便享用。」

催我開工了。

不過，能拒絕嗎？當然不能。

我拉開椅子，坐下來，呷了一口咖啡。

奶的分量剛好，杯是暖的，茶匙也是暖的。

滿意。

死神微笑地說：「不必感動。本神的確是挺細心的。」

我無奈地看了他一眼，就拿起筆，準備寫作，可是又停下筆，問：「我已經寫了《海神》和《巫師》，這兩個部分還要不要？」

「當然要。我建議妳先寫下神遊聖域時看到的《前世今生》、《千秋歲》和《補天》，然後再將這些內容連結起來。」

「好主意。」然後，我就開始寫。我相信自己是進入了死神的結界，所以完全失去了時間感，也不會餓不會累，上次為孋姬和巫言寫作時，都有這種虛浮的感覺。幸好我離開了他們的結界後，沒有像從前一些故事的主人翁那樣，變成一個老太婆。時代進步了，神仙的結界也應該與時並進，不要害了無辜的凡人。

寫了不知道多久後，終於寫好了，我開心地高呼，「我寫好了。」

死神也滿意地微笑起來。

「但是，這個故事叫甚麼名字呢？你有沒有好提議？」我徵詢死神的想法，因為在寫作時，他也給了我一些建議。

死神想了想，說：「叫《時間精靈》好不好？」

「《時間精靈》？可是故事裏只有『時間鐘』，沒有一個叫做『時間精靈』的人物，而且『時間鐘』並不是核心人物。」

「小說裏有那麼多神靈、精靈和鬼靈，他們都是不受時間束縛的長生一族，所以『時間精靈』是用來形容他們的短語，不是名詞。」

我讚許死神說：「想不到你的文學知識這麼好。」

死神沒有說話，只是溫柔地微笑着說：「我走了，祝妳好運。」然後，他就消失了。

死神居然祝我好運，真搞笑。跟着，我在空白的原稿紙上寫：《時間精靈》，再放它在整疊手稿上面。我終於完成了第一部長篇小說。

現在，我剛修訂好小說，準備再版，也藉機交代一下我完成小說後的一些小事情。

後來，我果然大病一場，我的小說也順利出版了。

正如西王母所言，世上萬物都是等價交換而來的。也許，因此有些人才會說：「上天關了你的一道門，必會為你打開一扇窗。」用一扇窗來交換一道門，的確是很等價的交換，這個「上天」其實算是很公道，很童叟無欺了。

我算是很幸運，遇上一位這麼公道的「上天」，真感恩。因為我知道，不是每個人的「上天」都這麼公道。

昨天，我跟航生參加了「公主」和采園的婚禮。當初，采園遇上車禍失蹤後，搜索團隊一直找不到他的下落。後來，他忽然從失蹤地點附近的海灘被海水沖了上岸。當地居民救了他，送他到離那兒不遠的無國界醫生醫院。

是的，他終於還是到達了想跟「公主」前往的地方，而且絲毫無損地醒了過來。不過，他說自己完全忘記了失蹤期間的記憶。

沒錯，雖然有點兒老土，但這是寫故事最直接簡單的過渡方法。

可是，我總是懷疑他是不是真的失了憶，因為有幾回，我看見他譎異地看着我笑。他還特地買了我的《時間精靈》來看，又說實在很好看，要我給他簽名留念。

你覺得，他是不是真的失了憶？

後記

對作家而言，一個故事的終結，就是另一個故事的開始。

我覺得，創作，是一種孤單的苦行。想創作出好作品，就必須自強不息地修煉。

記得一位走在這條路上的前輩說過：千萬不要總是回頭去計算過去的付出，也不要過分地期待將來的回報，因為這樣只會令人感到沮喪和加強了放棄的決心。你可以每十年或者二十年，做一個回顧，然後在讚歎和表揚了自己的毅力後，繼續前行。只要孜孜不倦地持續創作，有一天，你會發現自己的四周變得越來越熱鬧，因為所有你創作出來的人物，都在與你結伴同行。他們跟你志趣相投，鼓勵着你為這個「大家庭」增加新的成員，讓你能夠抖擻精神，開展一個又一個新的寫作歷程。

《時間精靈》修訂版及《時間精靈前傳》，就算是我為過去二十年的創作歷程所做的一個回顧。

現在，我又要開始新的「旅程」，因為風起了，帆兒動了，準備帶着我的幻想之船再次出海遊歷。

作　　者｜子君
封面作品｜子君
內頁插圖｜子君
書　　名｜時間精靈（下）
校　　對｜李嘉瑜
版面設計｜黎素嫻
出　　版｜超媒體出版有限公司
地　　址｜新界荃灣柴灣角街 34-36 號萬達來工業中心 21 樓 2 室
出版計劃查詢｜（852）3596 4296
電　　郵｜info@easy-publish.org
網　　址｜http://www.easy-publish.org
香港總經銷｜聯合新零售（香港）有限公司
出版日期｜2022 年 5 月
圖書分類｜流行讀物
國際書號｜978-988-8778-74-4
定　　價｜HK$75

Printed and Published in Hong Kong